LA PASIÓN NO SE OLVIDA

JULES BENNETT

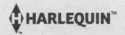

HARLEQUIN™

Editado por Harlequin Ibérica.
Una división de HarperCollins Ibérica, S.A.
Núñez de Balboa, 56
28001 Madrid

I.S.B.N.: 978-84-687-6636-2
Depósito legal: M-27076-2015
Impresión en CPI (Barcelona)
Fecha impresion para Argentina: 25.4.16
Distribuidor exclusivo para España: LOGISTA
Distribuidor para México: CODIPLYRSA
Distribuidores para Argentina: Interior, DGP, S.A. Alvarado 2118.
Cap. Fed./Buenos Aires y Gran Buenos Aires, VACCARO HNOS.

Capítulo Uno

Escapar a las montañas habría sido mucho mejor para su estado mental que irse a la villa recién comprada de la costa de Portugal.

Kate Barton vestida ya era suficiente para hacer jadear a cualquier hombre, pero Kate andando en biquini cubierta con un pareo medio transparente anudado en el escote resultaba casi aterrador. La mujer tenía curvas, no estaba esquelética como una modelo, y que la asparan si no sabía cómo sacar partido a los valles y las cuestas de su cuerpazo. No es que se exhibiera adrede, pero tampoco podía ocultar sus bendiciones.

Luc Silva maldijo entre dientes y amarró la moto de agua al muelle. Su intención al ir allí había sido escapar de los medios, escapar de la mujer que le había traicionado. Entonces, ¿por qué tenía que cumplir penitencia por otra mujer?

Para asegurar la intimidad de ambos, le había dejado a Kate la casa de invitados. Desgraciadamente, compartía la playa privada con la casa principal. En su momento, Luc pensó que comprar aquel complejo para reformar en una isla privada era una gran idea. No tenía acceso a Internet ni apenas señal del móvil, así que era el escondite perfecto para un miembro de la familia real de Ilha Beleza. No quería estar cerca de gente que conociera su estatus. Luc solo tenía un requisito a la hora de buscar un escondite: que fuera un lugar para escapar. Y sin embargo, allí estaba, con su sexy asistente. Y no solo eso, la reforma de la propiedad no se había terminado todavía porque había necesitado huir de la realidad mucho antes de lo que pensaba.

Consecuencias de tener una prometida mentirosa.

–Te estás quemando la cara.

Luc apretó los puños cuando se acercó a Kate. ¿Estaba tendida sobre aquella tumbona a propósito o le salía natural atormentar a los hombres? Se había desatado el pareo, ahora abierto y enmarcando su lujurioso cuerpo cubierto únicamente por unos triángulos de tela roja.

–No me estoy quemando –contestó Luc sin detenerse mientras caminaba por la blanca arena.

–¿Te has puesto protección solar? –le preguntó ella poniéndose una mano en la frente para protegerse los ojos del sol.

El gesto hizo que se le movieran los senos, y lo último que necesitaba Luc era quedarse mirando el pecho de su asistente por muy impresionante que fuera. Cuando Kate empezó a trabajar con él hacía un año, la deseaba… y seguía deseándola. Era la mejor asistente que había tenido en su vida. Sus padres todavía trabajaban para los padres de Luc, así que contratar a Kate había sido una decisión fácil. Una decisión que ponía en duda cada vez que sus hormonas se disparaban cuando la tenía cerca. Nunca se relacionaba con el personal. Sus padres y él mantenían siempre las relaciones profesionales separadas de las laborales para no crear ningún escándalo. Era una regla que seguían a rajatabla tras un escándalo que había tenido lugar hacía varios años, cuando un asistente filtró algunos secretos familiares. Así que cuando Luc se prometió con Alana, dejó a un lado la atracción que sentía por Kate. Durante los tres últimos años estaba dispuesto a dar el sí, quiero por dos razones muy válidas: su ex aseguraba que estaba esperando un hijo y necesitaba casarse para asegurarle un heredero a Ilha Beleza. Ahora Alana se había ido y él estaba tratando desesperadamente de conservar el título, aunque solo le quedaban unos meses para encontrar esposa.

Y en cuanto estuviera en el trono cambiaría aquella ley arcaica. Que un hombre se acercara a los treinta y cinco no significaba que tuviera que atarse a alguien, y Luc no quería saber nada del matrimonio. Y menos ahora que habían jugado con él.

–Estás frunciendo el ceño –dijo Kate cuando pasó por delante de ella–. Enfadarse no ayuda a tu cara roja. Había momentos en los que admiraba que no le tratara como un miembro de la realeza, sino como un hombre más. Antes de subir los escalones que daban al salón, Luc se dio la vuelta.

–¿Has cancelado la entrevista con ese periodista americano?

Kate volvió a adquirir una postura relajada y cerró los ojos mientras el sol seguía besando toda aquella piel expuesta.

–Me he encargado de cancelar todas las entrevistas que tenías en relación con la boda y todo lo que tenga que ver con Alana –le informó–. Las he retrasado para finales de año, cuando tengas el título. Estoy convencida de que para entonces lo habrás resuelto todo.

Luc tragó saliva. Kate no solo era su mano derecha,

sino también su mayor apoyo. Hacía que tuviera buena imagen ante la prensa, y a veces incluso embellecía un poco la verdad para favorecer el apellido de su familia.

–Le dije a la prensa que estabas pasando un mal momento, resalté lo del falso aborto y la petición de intimidad de tu familia.

Kate levantó una rodilla y se le movió un poco la braguita del biquini. Los ojos de Luc se dirigieron de inmediato a aquella parte de su cuerpo y deseó ponerse de rodillas y explorarla con algo más que con la mirada.

–Si has acabado ya de mirarme fijamente, tienes que entrar y ponerte protección solar –dijo Kate sin abrir los ojos.

–Si te taparas no te miraría fijamente.

Ella se rio.

–Si me tapara no me pondría morena. Alégrate de que al menos lleve puesto algo. Odio las marcas del biquini.

Luc apretó los dientes y trató de apartar de su cabeza aquella imagen. Contuvo un gemido y subió las escaleras para entrar en la casa principal. Kate le estaba lanzando el anzuelo adrede y él se lo estaba permitiendo porque en aquel momento de su vida estaba un poco débil. Tampoco podía ocultar el hecho de que su asistente le volvía loco de un modo que no debía. Había estado prometido, y antes y después de su compromiso quería acostarse con Kate.

Acostarse con una empleada era lo peor, y no iba a caer en semejante cliché. Kate y él tenían que seguir manteniendo una relación profesional. Kate siempre le apoyaba, estaba a su lado pasara lo que pasara, y se negaba a poner aquello en peligro metiéndose en su cama.

Kate se quedó tan sorprendida como él cuando se descubrió el engaño de Alana. No hizo ningún comentario al respecto, no trató de ser amable ni tomárselo a broma. Se hizo cargo al instante atendiendo todas las llamadas y dando explicaciones de por qué se había puesto fin al compromiso.

De hecho, fue su brillante plan lo que salvó el orgullo de Luc. Kate le contó a la prensa que Alana había perdido el niño y que la pareja había decidido separase como amigos. Al principio Luc quiso contar la verdad, pero estaba tan herido por la naturaleza de la mentira que siguió adelante con la farsa.

Así que, a pesar de todas las ocasiones en las que Kate le volvía loco con sus comentarios sagaces y la tortura de su cuerpo, no podría manejar aquella situación sin ella.

Antes incluso del engaño de su prometida, Luc había deseado tener un lugar en el que refugiarse y escapar del caos que suponía ser miembro de la realeza. Comprar aquella casa, a pesar de las reformas que necesitaba, había sido un regalo para sí mismo. La vista le convenció al instante. Tenía una piscina infinita que daba al mar y a los magníficos jardines, y contaba con un muelle para amarrar la moto acuática y el barco.

Lástima que hubiera tenido que venir antes de terminar por completo la reforma. Kate había avisado a los trabajadores de que tenían que parar dos semanas porque la casa iba a estar habitada. Habían conseguido rematar unas cuantas habitaciones antes, y la habitación principal era una de ellas.

Luc se quitó el bañador mojado y se metió en la ducha acristalada, lo que le hizo sentir que estaba en el exterior, pero en realidad solo estaba rodeado de plantas tropicales. La ducha era un anexo al dormitorio principal y una de sus zonas favoritas de la casa. Le encantaba la sensación de estar fuera y de contar al mismo tiempo con la intimidad que anhelaba. Aquella fue su principal prioridad cuando compró la casa.

La imagen de compartir la espaciosa ducha con Kate se le cruzó por la mente, y Luc tuvo que concentrarse en otra cosa. Como que era diez años más joven que él, y que cuando Luc estaba aprendiendo a conducir ella iba a la guardería. Eso debía bastar para hacerle sentir ridículo por tener aquellos deseos carnales hacia su asistente.

Tenía que encontrar la manera de mantenerla a distancia, porque si seguía viéndola pasearse por ahí con esa equipación tan mínima, no lograría sobrevivir a las siguientes dos semanas a solas con ella.

Kate repasó la agenda y anotó las cosas importantes que tenía que hacer cuando volviera a la tierra de Internet, es decir, al palacio. Aunque Luc le estuviera dando un respiro a su vida, ella no podía permitirse semejante lujo, con o sin ciberespacio. Tal vez él estuviera recuperándose de la vergüenza de la ruptura y pudiera esquivar las especulaciones de los medios, pero ella tenía que seguir estando un paso por delante para mantener la imagen de Luc inmaculada a ojos de la gente cuando se asentara el polvo de la nube de humillación. El control de daños se había convertido en el número uno de su lista de prioridades en su papel de asistente.

Ser la asistente de un miembro de la familia real

nunca fue su aspiración infantil. Aunque se tratara de próximo rey de Ilha Beleza.

Hubo un tiempo en el que Kate acarició la idea de ser diseñadora de modas. Había observado mucho a su madre, la modista de la casa real, y admiraba que pudiera ser tan creativa y que disfrutara todavía tanto de su trabajo. Pero las aspiraciones de Kate se toparon contra el muro de la realidad cuando descubrió que lo suyo era organizar, estar en el meollo y ejercer de pacificadora. Aquel trabajo también apelaba a su parte más solidaria.

Cuando se graduó, supo que quería trabajar con la familia real, a la que conocía de toda la vida. Les quería, le gustaba cómo lo hacían y quería seguir formando parte de aquel círculo.

Kate conoció a Luc cuando ella tenía seis años y él dieciséis. Después de eso le había visto de forma ocasional cuando empezó a trabajar con sus padres. A medida que Kate se iba haciendo mayor y entraba en la adolescencia, Luc le iba pareciendo cada vez más y más atractivo. Por supuesto, él no le prestaba ninguna atención debido a la diferencia de edad, y Kate observaba cómo entraban y salían muchas mujeres del palacio.

Nunca pensó que Luc sentaría la cabeza, pero ya faltaba poco para su coronación. Y como se acercaba a los treinta y cinco años, el «embarazo» de Alana no pudo haber llegado en mejor momento.

Lástima que aquella pija malcriada viera destrozadas sus esperanzas de convertirse en reina. Alana le había hecho creer a Luc que estaba esperando un hijo suyo, algo absurdo, ya que aquella mentira no podía durar mucho. Alana no había contado con que Luc fuera a ser un padre implicado, así que cuando la acompañó a la cita con el médico se quedó de piedra al darse cuenta de que no había ningún bebé.

Al menos ahora Kate no tendría que gestionar las llamadas cuando Alana llamaba a Luc y no podía hablar con ella porque estaba en alguna reunión. Kate se alegraba de que estuviera fuera de la foto, tener cerca a aquella mujer le ponía de mal humor.

Miró la agenda de Luc para después de aquel lapso de dos semanas y lo único que vio fueron encuentros con dignatarios, reuniones de personal, la boda y el baile para celebrar las nupcias de su mejor amigo, Mikos Alexander, y unas cuantas salidas para que los medios hicieran fotos pero no se acercaran lo suficiente para poder hacerle preguntas a Luc. Un saludo al entrar en un edificio, una sonrisa a cámara, y los paparazzi babearían por publicar esas fotos.

El año anterior, Kate había tratado de implicar a Luc en proyectos solidarios, no para llamar la atención de la prensa, sino porque Luc tenía capacidad para cambiar las cosas, para hacer cosas buenas que pudieran mejorar la vida de la gente. ¿Qué tenían de bueno el poder y el dinero si no se usaban para ayudar a los menos afortunados?

Pero Luc siempre había estado centrado en la corona, en el premio mayor, en su país y en lo que hacía falta para gobernarlo. No era una mala persona, pero no tenía las miras puestas en la gente más corriente, y por eso a Kate le costaba a veces más trabajo hacer que pareciera un caballero andante de brillante armadura.

En cualquier caso, trabajar para una familia real tenía sus ventajas, y Kate tendría que estar muerta para ignorar lo sexy que resultaba su jefe. Luc haría suspirar a cualquier mujer. Pero por muy atractivo que fuera, Kate se jactaba de mantener siempre la profesionalidad.

Tal vez en alguna ocasión había fanteseado con besarle. De acuerdo, le pasaba una vez al día, pero sería un error garrafal. Todo el mundo conocía la regla de la familia real de no confraternizar con el personal. No cumplirla podría afectar no solo a su trabajo, sino también al de sus padres. Un riesgo que no podía correr.

Suspiró, se puso de pie y dejó la agenda a un lado. Luc le había advertido de que la casa de invitados no estaba completamente rematada, pero a ella le gustaba el encanto del lugar. Kate tenía su propio espacio, agua, electricidad y una playa. Y estaba en una isla desierta con su guapo jefe. La situación no era tan mala, en su opinión.

Kate se dirigió a la puerta de atrás y aspiró el fresco y salado aroma del mar. Siguió el camino de piedra flanqueado por arbustos y plantas que llevaba a la casa principal, y se alegró de estar allí aunque, debido a las circunstancias, Luc estaba de mal humor y se mostrada difícil. Tenía todo el derecho a estar furioso y herido, aunque nunca reconocería lo último. Siempre mostraba una fachada fuerte y se ocultaba detrás de aquel personaje duro.

Kate sabía que no era así, pero había decidido no hablar del tema. Mantener la profesionalidad era la única manera de poder seguir trabajando con él y no dejarse llevar por el deseo.

Cuando empezó a trabajar con Luc tuvieron una

11

acalorada discusión que les llevó casi a besarse, pero él reculó.

Sin embargo, las largas noches trabajando juntos, los viajes al extranjero e incluso el trabajo en la oficina provocaban miradas acaloradas y roces accidentales. Estaba claro que la atracción era algo mutuo.

Entonces Luc empezó a salir con Alana y la atracción física entre jefe y empleada se desvaneció... al menos por parte de Luc. Kate se regañó a sí misma por haber pensado siquiera que terminarían dejándose llevar por la pasión.

Pero ahí estaban otra vez, los dos solteros y solos. Así que ahora más que nunca necesitaba ejercer la habilidad de mantener la profesionalidad. Aunque nada le gustaría más que arrancarle aquella ropa de marca y ver si tenía más tatuajes escondidos, porque el que tenía en la espalda y le subía por el hombro izquierdo bastaba para que sus partes femeninas prestaran atención cada vez que se quitaba la camisa.

Por muy tentada que se sintiera, había demasiadas cosas en juego: su trabajo, el de su padre y su reputación profesional. Haber seducido al jefe no quedaría bien en su currículum.

Kate se había dejado el teléfono y pensó en cambiarse. Pero como estaba cómoda así y solo le llevaría un minuto hablar con Luc, cinco a lo sumo, quería ver si ahora que su vida había dado un giro completo estaría dispuesto a echarle una mano en la aventura para la que llevaba un año pidiéndole ayuda.

Las sandalias de Kate resonaron sobre el sendero de piedra. Iba repasando en la cabeza todo lo que quería decirle mientras pasaba al lado de la infinita piscina camino a la casa. Cuando llegó a la doble puerta de cristal, llamó con los nudillos. La brisa del mar le alborotaba el pelo, acariciándole los hombros. Se había levantado algo de viento y unas nubes negras habían hecho su aparición.

A Kate le encantaban las tormentas. Sonrió hacia el oscuro cielo y recibió con alegría el cambio. Había algo sexy y poderoso en la temeridad de las tormentas.

Volvió a llamar, y al ver que Luc no contestaba puso la mano en el cristal y miró dentro. Ni rastro de él. Giró el picaporte y entró en el espacioso salón. Llevaba directamente a la cocina. La casa principal tenía básicamente el mismo aspecto que la cabaña de invitados, pero era más grande.

–¿Luc? –lo llamó confiando en que la oyera para no sobresaltarlo.

¿Y si había decidido echarse un rato? ¿Y si estaba en la ducha?

Una sonrisa le cruzó el rostro. El agua deslizándose por aquellos gloriosos y bronceados músculos…

No estaba allí para seducir a su jefe. Estaba allí para plantar la semilla de un proyecto solidario muy importante para ella. Si Luc pensaba que él había formulado el plan, entonces se volcaría en el proyecto, y Kate deseaba desesperadamente que dedicara tiempo y esfuerzo a un orfanato de Estados Unidos que ocupaba un lugar especial en su corazón por motivos que Luc no necesitaba saber. No quería que se implicara por pena. Quería que lo hiciera por sí mismo, porque sintiera que era lo que debía hacer.

Kate no podía quitarse de la cabeza a los gemelos que vivían allí, Carly y Thomas.

–¿Luc? –Kate se dirigió hacia la enorme escalera de caracol.

Ni siquiera sabía qué habitación había decidido utilizar como dormitorio principal, porque había uno abajo y otro arriba.

–¿Estás ahí arriba? –preguntó alzando la voz.

Luc apareció unos segundos después en lo alto de la escalera vestido únicamente con una toalla a la cintura. Kate le había visto en bañador y sabía lo impresionante que era su cuerpo. Pero al verle allí y saber que entre ellos solo se interponía un paño y unos cuantos escalones, se le dispararon las hormonas.

–Lo siento –dijo haciendo un esfuerzo por mantener la mirada en su rostro–. Esperaré a que te vistas.

Kate se dio la vuelta y se dirigió a toda prisa al salón antes de hacer alguna tontería como babear o balbucir. Se dejó caer en el viejo sofá, apoyó la cabeza en el desgastado cojín y dejó escapar un gruñido. Se atusó el veraniego pareo de flores, cruzó las piernas y trató de componer un gesto despreocupado. En cuanto escuchó sus pisadas en el suelo se sentó más recta.

–Siento haberte interrumpido la ducha –le dijo en cuanto le vio entrar en el salón–. Iba a dar un paseo, pero antes quería comentar contigo una cosa.

Afortunadamente, Luc se había puesto pantalones cortos negros y una camiseta roja.

–No estoy trabajando –Luc cruzó el salón y abrió las puertas del patio de par en par para que entrara la brisa del mar.

Kate se puso de pie, dispuesta a mostrarse firme pero sin enfadarle.

–Solo se trata de algo en lo que quiero que pienses

–afirmó acercándose a las puertas abiertas–. Sé que hemos hablado de proyectos solidarios en el pasado, pero...

Luc se dio la vuelta, alzó una mano y la atajó.

–No tengo pensado implicarme en nada de eso hasta que llegue al trono. Ni siquiera quiero pensar en nada más que en el presente ahora mismo. Ya tengo bastante lío.

Kate se cruzó de brazos y lo miró a los ojos... hasta que Luc bajó la mirada a su pecho. Vaya, al parecer él tampoco era inmune a la atracción física que había entre ellos.

–Estaba trabajando en tu agenda de lo próximos meses y tienes un hueco en el que podría encajar algo, pero tienes que estar de acuerdo.

Kate vio cómo apretaba las mandíbulas. Cuando la miraba con tanta intensidad nunca sabía qué le estaba pasando por la cabeza. Si sus pensamientos tenían algo que ver con el modo en que la había mirado momentos atrás, le parecía estupendo. Entonces Luc estiró la mano y le deslizó un dedo por el hombro desnudo. Kate tuvo que hacer un esfuerzo por no temblar.

–¿Qué-qué estás haciendo? –le preguntó.

Kate siguió mirándole fijamente cuando le deslizó el dedo por el escote antes de volver al hombro. Si estaba intentando seducirla, no necesitaba hacer nada más. El modo en que la miraba hacía que deseara lanzar por la ventana todas las razones por las que no deberían estar juntos. Solo hacía falta tirar del nudo de tela que tenía al cuello y el pareo caería suelo.

Kate esperó, estaba más que dispuesta a que Luc hiciera realidad su fantasía.

Capítulo Dos

Luc apretó los puños. ¿En qué diablos estaba pensando al tocar a Kate así? Estaba loco por permitirse aunque solo fuera aquel breve placer.

La suave piel de Kate expuesta, invitándole en silencio, había terminado con su último jirón de voluntad. Y aunque odiara admitirlo, estaba demasiado exhausto emocionalmente como para pensar con claridad. Una parte de él solo quería alguien a quien usar como escape sexual, pero no podía utilizar a su asistente por muy tentado que se sintiera.

—Te has quemado. Parece que no has seguido tu propio consejo sobre la protección solar.

Kate alzó la barbilla en gesto desafiante y se puso en jarras, lo que motivó que se le pegara la tela del pareo al pecho. Aquella mujer le estaba matando lentamente, pero no podría salir nada bueno de aquel momento de debilidad, y perdería una asistente maravillosa porque no podría seguir trabajando para él. Y Kate tendría carnaza de sobra para alimentar a la prensa si se volvía contra él.

Así que debía mantener las manos alejadas de su asistente.

—Tal vez mañana podamos darnos crema el uno al otro –sugirió Kate con tono burlón–. Bueno, volviendo a la organización solidaria…

Luc no estaba dispuesto a volver al tema otra vez. Apoyaba financieramente a varias organizaciones, pero no estaba dispuesto a dar su tiempo. No le gustaba que los gobernantes utilizaran aquel tipo de oportunidades para publicitarse. Él no quería ser un rey así. Bueno, si llegaba a serlo.

–Primero tenemos que trazar un plan que me asegure la corona –le dijo a Kate–. Todo lo demás puede esperar.

Ella apretó los labios y asintió.

–Estás planeando algo –afirmó Luc entornando los ojos–. Más te vale decírmelo ahora.

–No estoy planeando nada –replicó Kate–. He estado pensando en lo del trono, pero todavía no se me ha ocurrido ninguna solución a largo plazo. Aparte de una boda rápida, por supuesto.

Kate se dio la vuelta para dirigirse a las puertas del patio, pero Luc le agarró el brazo para impedir que se marchara.

–¿Por qué es tan importante para ti esta organización en particular? –le preguntó–. Hablas de ello muy a menudo. Si me das el nombre, enviaré todo el dinero que me digas.

Los ojos de Kate se llenaron de una tristeza que Luc no le había visto nunca antes.

–No es dinero lo que quiero.

Se zafó de su mano y bajó por las escaleras en dirección a la playa. ¿No quería dinero? Seguro que cualquier organización podría beneficiarse de una buena suma.

Kate siempre le sorprendía cuando hablaba. Parecía disfrutar de un buen combate verbal tanto como él.

Pero le molestaba que sacara siempre a colación aquella causa. Estaba claro que era algo importante y querido para ella y de lo que no quería hablar abiertamente. Kate llevaba un año trabajando para él, pero la conocía desde hacía más tiempo, aunque no frecuentaran los mismos círculos. ¿No confiaba en él lo suficiente como para hablarle con claridad de sus deseos?

Luc sacudió la cabeza mientras la veía caminar por la orilla. Luego alzó la vista y se dio cuenta de que las nubes se estaban oscureciendo. Se avecinaba tormenta, y sabía lo mucho que a Kate le gustaba la ira de la naturaleza. No se preocupó porque sabía que volvería a entrar pronto, seguramente para ver la tormenta desde el balcón. Luc fue al patio a esperarla, Kate ocultaba algo y quería saber de qué se trataba.

Tomó asiento en el banco con cojines que estaba al lado de la piscina. Miró hacia la playa y se dio cuenta de que ya no veía a Kate. Se preguntó si habría emprendido el camino de vuelta.

Se escuchaba el retumbar del trueno. Cuando le cayó la primera gota en la cara, Luc siguió mirando hacia la dirección por la que Kate se había ido.

La tormenta había sido salvaje y maravillosa, una de las mejores que Kate había visto en mucho tiempo. Su intención había sido volver a la casa antes de que empeorara, pero terminó encontrando una cueva en la que esperar, y no pudo resistir la tentación de quedarse fuera. Estaba protegida, pero se empapó antes de ponerse a salvo.

Regresó a la casa de invitados con el pareo pegado

al cuerpo. Al ver luz a ambos lados de las puertas del patio, se dio cuenta de que llevaba fuera más tiempo del que había pretendido. Ya había oscurecido.

—¿Dónde diablos estabas?

Kate dio un respingo al escuchar el tono brusco de Luc. Estaba en el umbral de la puerta vestido igual que antes, aunque despeinado, como si se hubiera pasado la mano por el pelo muchas veces.

—¿Perdona? —Kate se acercó a él y se fijó en que tenía las mandíbulas apretadas—. Te dije que iba a dar un paseo. No sabía que tuviera que fichar, papá.

Luc apretó los labios.

—La tormenta ha sido muy fuerte. Pensé que tendrías el sentido común de volver. ¿En qué diablos estabas pensando?

El hecho de que la hubiera estado esperando suavizó un poco a Kate, que sin embargo se puso a la defensiva al ver la rabia con la que la estaba mirando.

—Dejé el palacio, los guardias y todo para huir de mis problemas —continuó Luc irritado—. Tú estás aquí para ayudarme a solucionar este lío. Pero si no eres capaz de ser responsable puedes volver al palacio o tendré que llamar a uno de mis guardias para que venga y se asegure de que estás a salvo.

Kate se rio.

—Qué tontería. Soy una mujer adulta, ¿sabes? No necesito guardián. Si me descuido, eres capaz de llamar a mis padres.

Su padre era el jefe de seguridad y su madre la modista de la familia, así que Kate había estado toda su vida rodeada de la realeza. Pero era una asistente, ella no tenía título.

Lo cierto era que le gustaba estar detrás del telón. Jugaba un papel importante que le permitía viajar, ganar mucho dinero y hacer el bien sin tener que estar bajo los focos. Y seguiría intentando convencer a Luc para que visitara el orfanato que tanto quería. Allí habían cuidado de ella, la habían acogido y querido hasta que fue adoptada. Ahora estaba en posición de devolver un poco de aquella generosidad.

–Tu padre estaría de acuerdo conmigo –Luc dio un paso adelante y le agarró un brazo–. No vuelvas a ir a ninguna parte sin el móvil. Podría haberte pasado algo.

–Puedes admitir que estabas preocupado sin tener que comportarte como un troglodita conmigo, alteza –Kate se zafó de su brazo–. ¿Cuál es tu problema? Salí y ya he vuelto. No estés tan malhumorado solo porque no puedes admitir que tenías miedo.

–¿Miedo? –repitió él inclinándose tanto hacia Kate que pudo sentir su respiración en la cara–. No tenía miedo. Estaba enfadado por tu negligencia.

Kate no estaba de humor para escuchar los gritos de su jefe. No se merecía ser el blanco de sus iras, cuando estaba claro que el problema lo tenía él.

Tenía que quitarse aquel pareo mojado, y daría cualquier cosa por meterse en la bañera de agua caliente de su dormitorio. Confiaba en que funcionara, no la había probado todavía.

–Me voy a casa –Kate agitó una mano en el aire para poner fin a aquella absurda conversación–. Podemos hablar mañana, cuando estés más tranquilo.

En cuanto se dio la vuelta sintió cómo tiraban de ella para girarla de nuevo.

–Me estoy empezando a cansar de tus modales…

Los labios de Luc se posaron en los suyos, le sostuvo la cara entre las manos con firmeza. Kate no pudo hacer nada más que disfrutar del hecho de que el príncipe Lucas Silva era el hombre que mejor la había besado nunca.

Y se notaba que tenía experiencia. Aquellas manos fuertes le sostenían el rostro mientras su lengua bailaba con la suya. Kate alzó las manos y se las puso en las muñecas. No sabía si podría detener aquello antes de perder el control.

Se arqueó contra él, sintió su cuerpo firme hacerle cosas gloriosas. El frío que le había provocado la lluvia ya no suponía ningún problema.

Pero con la misma rapidez con la que le había reclamado la boca, la soltó y dio un paso atrás, obligándola a dejar caer las manos. Murmuró una palabrota en portugués, se frotó la nuca y mantuvo la vista clavada en el suelo. Kate no sabía qué hacer. ¿Cuál era el paso lógico después de que su jefe le gritara y luego la besara como si la necesitara para respirar?

Kate se aclaró la garganta y luego se rodeó la cintura con los brazos.

—No sé por qué has hecho eso, pero los dos nos reiremos de ello mañana.

—Me has empujado demasiado —Luc deslizó la mirada sobre ella, pero mantuvo la distancia—. Hemos discutido todo este año, pero siempre me has apoyado. Sé que ha habido ocasiones en las que has intervenido a mi favor sin que yo lo supiera. Eres la mejor empleada que he tenido.

Confundida, Kate se pasó las manos por los brazos.

—Vale. ¿Adónde quieres llegar con esto?

–A ninguna parte –exclamó Luc abriendo los brazos–. Lo que acaba de pasar no puede volver a pasar porque tú eres una empleada y yo no me acuesto con el personal. Nunca.

Kate no pudo evitar reírse.

–Me has besado. Nadie ha hablado de sexo.

–No hace falta hablar de ello. Es en lo que pienso cuando te miro, y ahora que te he probado, es lo que siento.

Si creía que esas palabras la iban a echar atrás es que no la conocía. Kate dio un paso hacia delante, pero Luc reculó.

–No –gruñó él–. Vuelve a tu cabaña y olvida que esto ha pasado.

Kate sacudió la cabeza.

–No. No puedes soltar esa bomba, darme una palmadita en la cabeza y mandarme a dormir. Has pasado de discutir conmigo a besarme y a hablar de sexo en un espacio de dos minutos. Entenderás que no pueda seguir tus vaivenes hormonales.

Luc apretó las mandíbulas y los puños, frustrado y enfadado. Él era el único culpable, y no pensaba dejarse arrastrar por su torbellino interior. Entonces la rodeó y se dirigió hacia los escalones que daban a la playa.

–Esta conversación ha terminado. Vete a casa, Kate.

Kate se quedó mirando cómo se marchaba y luego fue tras él. El hecho de que fuera su asistente y él miembro de la realeza no significaba que pudiera despacharla así cuando quisiera.

No dijo una palabra mientras lo siguió. Los largos pasos de Luc se comían el suelo mientras se dirigía hacia el muelle. No se le ocurriría subirse a la moto de agua, ¿verdad? Sí, el mar estaba en calma porque había pasado la tormenta, pero era de noche, y Luc estaba enfadado.

Cuando Kate estaba a punto de gritar su nombre, un sonido hizo que empezara a correr.

–¡Luc! –gritó cuando estuvo cerca–. ¿Estás bien?

Él no se movió, no contestó. Estaba tirado, inmóvil en el muelle mojado. El miedo se apoderó de ella. En cuanto bajó al muelle se le resbalaron también los pies y tropezó con un tablón suelto. Estaba claro que el muelle también necesitaba reparaciones, como el resto de la propiedad.

Kate se agachó a su lado y se dio cuenta al instante de que tenía un chichón en la sien. Se había golpeado con la cabeza contra un poste.

–Luc –le apartó el pelo de la frente. Le daba miedo moverlo, pero confiaba en que solo se hubiera desmayado–. ¿Puedes oírme?

Le acarició la mejilla y deslizó la mirada por su cuerpo en busca de alguna lesión más. El alma se le cayó a los pies al darse cuenta de que no llevaba el móvil consigo.

–Vamos, Luc –Kate se sentó y empezó a darle palmaditas en la cara–. Despierta. Peléate conmigo.

Él gruñó y trató de moverse.

–Espera –le pidió Kate poniéndole la mano en el hombro cuando trató de incorporarse–. No te muevas. ¿Te duele algo?

Luc parpadeó y se la quedó mirando fijamente unos instantes. Luego se llevó la mano al chichón de la sien, que ya se estaba poniendo azul.

–Maldición, esto duele.

–Vamos a la casa –Kate le ayudó a ponerse de pie y luego le pasó la mano por la cintura para ayudarle a mantenerse–. ¿Te encuentras bien? ¿Estás mareado o algo?

Luc la miró, parpadeó un par de veces más y luego frunció el ceño.

–Esto es una locura –murmuró apretándose el puente de la nariz con dos dedos–. Te conozco, pero... no me sale tu nombre ahora mismo, maldita sea.

Kate se quedó paralizada y sintió cómo le crecía una bola de miedo en el estómago.

–¿No sabes cómo me llamo?

Luc sacudió la cabeza y dejó escapar un suspiro.

–Lo tengo en la punta de la lengua... ¿por qué no puedo recordarlo?

–Me llamo Kate –le miró a los ojos–. Soy tu...

–Mi prometida –una amplia sonrisa le iluminó el rostro–. Ahora me acuerdo.

Luc volvió a capturarle los labios una vez más con una pasión que Kate nunca había conocido.

Capítulo Tres

¿Prometida? ¿Qué diablos…?

Kate reunió toda su fuerza de voluntad para apartar a Luc y su embriagadora boca mientras sus palabras cobraran sentido.

–Entremos –le dijo tratando de no pensar en lo fuerte que debía haberse golpeado la cabeza, porque no estaba en sus cabales–. No me gusta el chichón que te has hecho y debes de tener una conmoción cerebral. Tengo que llamar al médico. Espero que haya señal ahora que ha pasado la tormenta.

Luc se la quedó mirando otro largo instante y luego asintió y se dejó guiar hacia la casa. Definitivamente, algo le pasaba. El Luc de veinte minutos atrás se habría puesto a discutir diciendo que no necesitaba ningún médico.

Kate no quería ni pensar en el hecho de que creyera que estaban prometidos. Porque si Luc pensaba que se estaban acostando juntos, la situación podía volverse muy incómoda.

Aunque mentiría si no admitía que le gustaba que Luc pensara que eran pareja. ¿Cuánto tiempo le jugaría su mente aquella mala pasada? ¿Cómo la trataría ahora que pensaba que estaban juntos?

Una vez dentro, Kate lo acomodó en el sofá y luego se incorporó y trató de recuperar el aliento. Luc era un hombre grande y musculoso. Su cuerpo se había apoyado contra el suyo en el camino de regreso. Kate trató de llenarse los pulmones de aire y no entrar en pánico. Entonces se dio cuenta de que Luc la observaba fijamente.

–¿Por qué estás mojada? –le preguntó.

Ella tiró de la tela del pareo que se le pegaba a los muslos y sacudió la cabeza.

–Me ha pillado la tormenta fuera.

Los ojos de Luc continuaron deslizándose por su cuerpo.

–Estás muy sexy así –murmuró–. Con el pareo pegado a las curvas y el pelo revuelto y ondulado.

Kate tragó saliva. No podía permitir que Luc siguiera pensando que eran algo más que empleada y jefe.

–¿Dónde tienes el móvil? –si no se ponía a hacer cosas, quedaría atrapada en las miradas lascivas que Luc le estaba echando–. Necesito llamar al médico. Espero que haya señal.

Luc miró a su alrededor y se pasó la mano por el pelo.

–No tengo ni idea. Ni siquiera recuerdo qué estaba haciendo yo ahí fuera –le dio una fuerte palmada al cojín que tenía al lado y soltó una retahíla de palabrotas–. ¿Por qué no puedo recordar nada?

La preocupación de su tono de voz resultó para Kate más impactante que el hecho de que pensara que estaban prometidos. Luc Silva nunca bajaba la guardia. Ni siquiera ante la posibilidad de perder el trono. Era la personificación del control y el poder.

–No pasa nada –le aseguró inclinándose para darle

una palmadita en el hombro–. Lo encontraré. Cuando venga el médico sabremos algo más. Tal vez esto solo dure unos minutos. Intenta no entrar en pánico.

El último consejo era válido tanto para ella como para él, porque en aquel momento estaba aterrorizada. No sabía mucho sobre la pérdida de memoria, pero le preocupaba lo que le estaba pasando. Y no podía ni imaginar cómo se sentiría Luc.

Kate recorrió el amplio pero escasamente amueblado salón, la cocina, y luego cruzó las puertas del patio por las que habían entrado. Finalmente vio el móvil de Luc en una vieja mesa.

Por suerte, se sabía el código para desbloquear el teléfono.

–Voy a salir un momento –le dijo a Luc para tranquilizarle–. Enseguida vuelvo.

No quería que percibiera ningún tono de preocupación cuando le describiera el incidente al médico.

Se sintió aliviada cuando consiguió contactar con el médico y más aliviada todavía cuando le prometió que estaría ahí en una hora. Durante los siguientes sesenta minutos, Luc seguiría creyendo seguramente que estaban prometidos y ella le seguiría la corriente hasta que no le indicaran lo contrario.

La villa privada de la costa de Portugal no estaba muy lejos de su propio país.

Kate agradeció que el médico pudiera usar el barco privado para llegar a la isla. No había pista de aterrizaje, y el único modo de entrar y salir era por mar. El padre de Kate los había dejado allí hacía solo un día para que Luc pudiera mantener su escondite en secreto.

Cuando Kate volvió a entrar, Luc tenía la cabeza

apoyada en los cojines del sofá y los ojos cerrados. Se estaba masajeando las sienes con las yemas de los dedos.

—El médico ya está en camino.

Él se limitó a asentir brevemente sin abrir los ojos.

—Sé que te duele, pero no quiero darte nada antes de que te examine el doctor.

¿Y si la lesión eran más grave de lo que ella pensaba? La amnesia, temporal o no, no era lo peor que podría pasarle. La gente moría por culpa de caídas tontas. Aunque se encontraran bien, podían tener algún problema subyacente que había pasado desapercibido. Las posibilidades cruzaron por su mente mientras seguía mirándole. ¿Debería descansar o debería mantenerle despierto? Confiaba en estar haciendo lo correcto. Nunca se perdonaría que le sucediera algo porque se hubieran peleado y Luc se hubiera marchado enfadado. Si ella no sintiera siempre la necesidad de desafiarle, aquello no habría pasado.

Tampoco tendrían que haberse besado, porque fue un beso provocado por la frustración sexual y la rabia. Le había encantado. Pero ahora tenía que centrarse y no pensar en lo maravilloso que había sido que Luc la tocara por fin como ella siempre había querido.

Le miró y se dio cuenta de que batía las pestañas hasta que finalmente las cerró durante un minuto.

—Luc —dijo con tono suave—. Intenta no dormirte, ¿de acuerdo?

—No me estoy durmiendo —murmuró él—. Pero hay demasiada luz, por eso tengo los ojos cerrados.

Kate apagó todas las luces del salón y dejó solo una en la cocina para poder seguir viéndole.

–¿Mejor así? –preguntó sentándose a su lado en el sofá y disfrutando del calor de su cuerpo.

Luc abrió un ojo y luego el otro antes de girarse un poco para mirarla.

–Sí, gracias.

Cuando le tomó una mano, Kate se puso tensa. Aquello no era real. Solo buscaba consuelo en ella porque se sentía inseguro… y porque pensaba que estaban prometidos.

Si lo estuvieran de verdad, Kate le tomaría la mano sin sentirse culpable. Podría rodearle con sus brazos y darle apoyo y amor. Pero no. No era su prometido, y pensar así no la llevaría a ninguna parte.

Por el momento podría fingir, podría mantener sus dedos entrelazados con los suyos. Ya no se trataba de un tema profesional. Habían cruzado esa línea cuando Luc le capturó la boca.

–Estoy bien –Luc sonrió mirándola–. Pero quédate aquí conmigo.

Kate tragó saliva y asintió.

–No voy a ir a ninguna parte.

Trató de no disfrutar del hecho de que Luc le estuviera acariciando el dorso de la mano con el pulgar.

La hora transcurrió muy despacio, y cuando el doctor Couchot llamó a la puerta de atrás, Kate exhaló un suspiro de alivio. Luc se puso tenso bajo su mano.

–No pasa nada –ella se puso de pie y le dio una palmadita en la pierna–. Te vas a poner bien.

El doctor Couchot entró, dejó el maletín en el suelo y tomó asiento en el sofá al lado de Luc.

–Cuéntame qué ha pasado –dijo mirando a Kate.

Su rostro reflejaba preocupación. Aquel hombre

había cuidado de Luc desde que era un bebé y guardaba todos los secretos médicos de la familia real.

Kate le relató los hechos, omitiendo la parte de la prometida, y observó cómo el médico examinaba a su paciente mientras ella hablaba. Miró las pupilas de Luc con su minúscula lucecita y luego le pasó con cuidado la punta del dedo por el chichón azul. Luego se reclinó y suspiró con el ceño fruncido.

–¿Has recordado algo desde que me avisasteis? –preguntó.

Luc sacudió la cabeza.

–Conozco a Kate, pero tuvo que decirme su nombre. Sé que soy miembro de la familia real y creo que soy el príncipe. Sé que esta casa es mía y que tengo que hacer reformas.

Todo era verdad. Kate sintió un atisbo de esperanza. Tal vez sus lesiones no eran tan graves como se temía en un principio.

–Por lo que parece, tienes amnesia temporal –afirmó el médico–. No veo señales de conmoción cerebral y las pupilas responden –el doctor Couchot miró a Kate–. Me gustaría hacerle un escáner para quedarme tranquilo, pero conociendo a Luc, sé que se negará porque es muy obcecado.

–Estoy aquí –intervino Luc mirando a Kate y luego al médico–. No quiero hacerme un escáner. Tendría que volver a casa y enfrentarme a muchas preguntas. A menos que corra un peligro grave, me quedaré aquí.

Kate y el médico se miraron.

–¿Y si me comprometo a vigilarle? No tiene conmoción, y eso es buena señal.

–De acuerdo –accedió el doctor Couchot–. Pero

Kate te vigilará las veinticuatro horas durante los próximos días. Yo estaré en contacto con ella. A la primera señal de algo fuera de lo habitual te llevará al palacio, donde podré atenderte.

Luc asintió.

–De acuerdo.

Tras recibir instrucciones y una lista de cosas que observar en el comportamiento de Luc, Kate acompañó al médico a la puerta.

Cuando llegaron al final del patio, el doctor Couchot se giró para mirarla.

–No le fuerces a recordar nada. Es importante que lo haga por sí mismo, o la mente se le confundirá todavía más y podría empeorar. Es una bendición que recuerde tantas cosas, así que creo que solo ha perdido los recuerdos de unos cuantos meses.

Unos cuantos meses. Eso explicaría que no recordara a su verdadera prometida ni el falso embarazo.

–Me aseguraré de no darle ninguna información –prometió Kate recogiéndose el pelo en una coleta lateral–. ¿Puede ver fotos o escuchar su música favorita? Tal vez los estímulos sutiles puedan ayudarle.

–Eso estaría bien. Pero no le presiones. Dale tiempo. Podría despertarse mañana y estar perfectamente o seguir así un mes más. Cada mente es única, así que no se sabe.

Kate asintió y le dio las gracias al médico por haber acudido tan rápido. Le vio salir y dirigirse al barco, donde le esperaba un guardia de palacio. Por suerte no era su padre, sino su mano derecha.

Kate se despidió de los hombres agitando la mano y aspiró con fuerza el aire. Cansada y preocupada, volvió a cruzar las puertas. Tenía todas sus cosas en la casa de invitados, pero tendría que instalarse allí.

Luc la miró cuando volvió a entrar en el salón. Sintió una punzada de calor al reconocer aquella expresión de deseo. No podía seguir manteniendo el engaño. No tendría fuerzas para resistirse. Y teniendo en cuenta cómo había reaccionado él tras el beso, no le gustaría dejarse llevar por el deseo.

Recordó la advertencia del médico. No podía forzar los recuerdos, así que tendría que dejar que pensara lo que quisiera hasta que su mente empezara a cooperar.

—Siéntate conmigo —susurró Luc ofreciéndole la mano.

Lo que más deseaba Kate en el mundo era obedecerle, pero no debía.

—Tengo que ir a buscar mis cosas.

Luc bajó la mano y frunció el ceño.

—¿Dónde están tus cosas?

Kate trató de ser poco clara y al mismo tiempo lo más sincera posible.

—Tengo algunas cosas en la casa de invitados. Déjame ir a buscarlas y seré toda tuya.

De acuerdo, no era necesario añadir aquella última frase, pero se le había escapado. Tendría que sopesar cada palabra hasta que Luc recobrara la memoria por completo. Por el momento tendría que seguir el juego y al mismo tiempo intentar mantener un poco las distancias si no quería sufrir cuando Luc saliera de aquel estado. Quedarse atrapada en aquel mundo de fantasía, aunque fuera por un corto espacio de tiempo, no era la decisión más sabia. Pero Luc la necesitaría durante aquel periodo y estaban solos en la isla. ¿Cómo iba a resistirse a él? ¿Cómo resistirse a más caricias, a más besos?

—¿Por qué tienes cosas en la otra casa? —quiso saber él.

—Estaba trabajando allí hace unas horas —no era mentira—. Dame cinco minutos. Enseguida vuelvo.

Se escapó por la puerta de atrás, no podía seguir soportando la confusión de su rostro ni un minuto más. Se cambió de ropa lo más rápido que pudo y metió otra muda en la bolsa junto con algunos productos de baño. Todo lo demás tendría que ir llevándolo poco a poco a escondidas si iba a quedarse en la casa principal unos días.

Su mayor preocupación era que no se había llevado pijama porque daba por hecho que viviría sola. Se quedó mirando la pila de combinaciones de seda de varios colores. No había elección. Ni siquiera tenía una vieja camiseta que poder ponerse para dormir.

Escogió una combinación rosa y la metió en la bolsa antes de volver a la casa principal. No podía permitir que Luc la viera con aquella combinación, pero, ¿cómo esquivar a un hombre que se consideraba su prometido? Seguramente daba por hecho que se acostaban juntos.

Kate se quedó paralizada en el camino de regreso a la casa principal. No podía dormir en la misma cama que Luc. Si lo hacía no podría resistirse a sus intentos.

Con la luna iluminando el sendero, Kate se resignó al hecho de que las cosas estaban a punto de alcanzar un nivel nuevo de incomodidad.

Capítulo Cuatro

Kate miró hacia atrás y se aseguró de que estaba sola antes de salir al patio para llamar a su madre. Había momentos en la vida de una mujer en los que se necesitaba consejo maternal, y para Kate este era uno de ellos.

—¡Cariño! —su madre contestó al segundo tono de llamada—. Estaba pensando en ti.

—Hola, mamá —Kate se apoyó en la barandilla del extremo del patio mirando hacia la puerta para asegurarse de que Luc no la sorprendiera por detrás y escuchara cosas que no debía—. ¿Estás ocupada?

—Para ti nunca. Tienes un tono raro. ¿Va todo bien?

Kate suspiró y se colocó el pelo detrás de la oreja.

—Luc se cayó hace un rato. Se ha hecho un chichón del tamaño de un huevo y tiene amnesia temporal.

—¿Amnesia? —repitió su madre con voz alarmada—. ¿Vais a volver al palacio? ¿Lo saben sus padres?

—Les he llamado antes de llamarte a ti. El doctor Couchot ha estado aquí y dice que Luc está bien, que no ha sufrido una conmoción. No sabe cuándo recuperará la memoria, pero confía en que será pronto.

—No puedo ni imaginar lo horrible que debe ser eso —murmuró su madre—. ¿Qué puedo hacer para ayudar?

—Luc y yo nos vamos a quedar aquí, tal y como está planeado —dijo Kate—. El médico dice que lo mejor que podemos hacer ahora por ahora es que esté relajado y calmado.

–Estoy de acuerdo. Entonces, ¿por qué estás tan triste?

Kate aspiró con fuerza el aire y le espetó a su madre:

–Luc cree que estamos prometidos.

Se hizo el silencio al otro lado de la línea. Kate se apartó el móvil de la oreja para asegurarse de que no se hubiera cortado la conexión.

–¿Mamá?

–Sigo aquí. Es que necesito procesar esto –reconoció su madre–. ¿Por qué cree que estáis prometidos?

–Solo ha perdido los recuerdos de los últimos meses. Yo le resultaba familiar, pero al principio no me ubicaba. Cuando le dije mi nombre dio por hecho que estábamos prometidos. Yo no lo negué porque estaba preocupada, quería esperar a ver qué decía el médico. El doctor Couchot me dijo que no le diera ninguna información a Luc porque eso podría complicarle todavía más la memoria.

Kate sabía que estaba hablando muy deprisa, pero necesitaba soltarlo todo y recibir un consejo antes de que Luc saliera a buscarla.

–El doctor y los padres de Luc no saben que cree que estamos prometidos –continuó–. Por eso necesito saber tu opinión. ¿Qué hago, mamá? No quiero ir en contra de las órdenes del médico, pero tampoco puedo permitir que crea que somos pareja. Luc no recuerda que trabajo para él, y ya sabes lo que piensa la familia real sobre salir con el personal.

Su madre suspiró.

–Yo esperaría a ver cómo pasa la noche, Kate. Si esto es algo temporal, tal vez Luc se levante mañana y todo haya vuelto a la normalidad. No puedes ir en contra de las órdenes del médico, pero yo no llevaría demasiado lejos esta mentira. Luc podría cruzar límites que no deberíais cruzar si cree que eres su prometida.

Demasiado tarde. El beso que se habían dado antes de la caída se le cruzó por la mente.

–Gracias, mamá. Por favor, no digas nada. Eres la única que sabe que Luc cree que nos vamos a casar. No quiero humillarle ni que alguien más se preocupe. Solo necesitaba tu consejo.

–No sé si te he ayudado, pero estoy aquí para lo que quieras. Por favor, mantenme informada. Me preocupo por ti.

Kate sonrió, se apartó de la barandilla y volvió a las puertas.

–Ya lo sé. Te llamaré mañana si hay buena señal. Aquí nunca se sabe. Te quiero, mamá.

Kate colgó y agarró el picaporte. Cerró los ojos, aspiró con fuerza el aire y lo soltó poco a poco. Necesitaba fuerza, sabiduría y más autocontrol que nunca.

Luc estaba de pie en el espacioso dormitorio. Al parecer, la habitación principal y su lujoso baño con aquella impresionante ducha que parecía estar en el exterior habían estado al principio de la lista de reformas. Le parecía bien, porque era un lugar para el romance, y su Kate estaba muy sexy al preocuparse tanto por él.

Había visto la preocupación en su mirada, aunque se hubiera hecho la fuerte. ¿Cabía alguna duda de que era la mujer de su vida? El miedo a lo desconocido continuaba intentando apoderarse de él, pero Luc no se rendiría. No poder recordar cosas de su vida era angustioso y frustrante. No tenía palabras para describir las emociones que le consumían. Pero su prometida estaba allí a su lado, ofreciéndole cariño y apoyo.

Dirigió la mirada hacia la enorme cama con dosel que dominaba la habitación. Maldición, ¿por qué no podía recordar haber hecho el amor con ella? ¿Por qué no recordaba el sabor de sus besos? Tal vez la intimidad entre ellos le ayudaría a despertar algún recuerdo.

Luc se estremeció. No, no iba a usar el sexo ni a Kate así. Quería recordar su amor, pero principalmente quería tenerla a su lado aquella noche mientras dormía. Quería estrecharla entre sus brazos y perderse en ella en sueños. Y tal vez al día siguiente, al despertar, se diera cuenta de que todo había sido una pesadilla.

Tenía que haber algo por allí que le encendiera la chispa de la memoria. Quizá al hacer el equipaje había metido algo personal, alguna foto. O tal vez debería repasar los contactos del móvil. Ver la lista de nombres podría ser el desencadenante que necesitaba.

Luc rebuscó en los cajones y no encontró nada de interés. Cuando terminó se sentía asustado y furioso. No había surgido nada nuevo excepto una saludable dosis de rabia.

Tenía que haber algo en el móvil. Salió por la puerta del dormitorio y se topó contra Kate.

–Lo siento –murmuró ella–. Acabo de traer mis cosas. He llamado a tus padres y les he contado lo que pasa. Están preocupados, pero les he asegurado que te vas a poner bien y que les llamarás mañana. También he llamado a mi madre. No era mi intención tardar tanto. ¿Te vas a acostar?

¿Estaba temblando? El hecho de que hablara tan deprisa y ahora se mordiera el labio inferior era la prueba de que estaba nerviosa. ¿Por la amnesia?

–¿Te encuentras bien? –le preguntó apartándole el pelo de la frente–. Pareces asustada.

Kate le tomó una mano entre las suyas.

–Estoy cansada y preocupada. Nada más.

–Tienes que descansar –Luc le deslizó el pulgar por el labio inferior–. Vamos a la cama.

En aquel instante decidió dejar la búsqueda del teléfono para el día siguiente. Ahora solo quería perderse en Kate.

–¿Por qué no te das una ducha y nos vemos en la cama? –le preguntó.

Ella abrió mucho los ojos.

–Eh… no sé si deberíamos…

–¿Te da miedo estar conmigo por lo de la pérdida de memoria?

Kate alzó la mirada hacia la suya.

–No tengo miedo de ti, Luc. Pero creo que sería mejor que no… ya sabes.

–¿Que no hagamos el amor?

Un tono rosa le tiñó las mejillas.

–Sí. Has sufrido una lesión. Necesitas relajarte y descansar. Órdenes del médico.

Luc le deslizó los brazos por la cintura y la atrajo hacia su cuerpo.

–Tengo pensado relajarme, pero quiero que estés tumbada a mi lado. Está claro que vinimos aquí para escaparnos, y no quiero estropearte el viaje.

Las delicadas manos de Kate se le subieron al pecho. Aquel simple contacto bastó para que le temblara todo el cuerpo. Todo en ella le resultaba familiar y al mismo tiempo nuevo.

–No me estás estropeando nada –afirmó ella con una sonrisa cansada–. Vamos a centrarnos en que te mejores y todo lo demás caerá por su propio peso.

–Entonces, nada de sexo, pero te acostarás a mi lado, ¿verdad?

Kate le sostuvo la mirada mientras afirmaba con la cabeza.

–Me acostaré a tu lado.

Luc no se acordaba de su nombre en un principio, pero sintió al instante una atracción hacia ella. No era de extrañar que estuvieran prometidos. Estaba claro que compartían un lazo profundo y especial. Aquella química le ayudaría a superar aquello.

–Me voy a dar una ducha rápida en el baño de invitados –le dijo Kate apartándose de sus brazos–. Dame diez minutos.

Confundido por su ansia de escapar, Luc se cruzó de brazos.

–¿Por qué no usas la ducha de aquí? El otro baño no está todavía reformado y este es mucho más lujoso.

Parecía que Kate iba a discutir, pero finalmente asintió.

–Tienes razón. Es que no quería molestarte por si estabas intentando descansar.

–No me molestas. Puedes disfrutar de la bañera del jardín –la tomó de la mano y la guio al interior del dormitorio–. No necesitas darte una ducha rápida. Métete en la bañera y relájate.

–Prefiero una ducha rápida. ¿Por qué no te acuestas?

Luc se inclinó hacia delante y le rozó los labios con los suyos.

–No tardes mucho o tendré que venir a buscarte.

Kate se estremeció bajo su contacto, y Luc tuvo que hacer un esfuerzo para no llevársela a la cama y hacer lo que quería con ella.

Kate se metió en el baño y cerró la puerta. Luc frunció el ceño. ¿Por qué se mostraba tan reservada?

Mientras se desnudaba y se quedaba en calzoncillos escuchó el sonido del agua de la ducha. La imagen de Kate enjabonada y húmeda se le cruzó por la mente. Estaba deseando superar el lapso de memoria y la molestia del dolor de cabeza para compartir la espaciosa ducha con ella.

Pero podía esperar un poco, también por ella. Su Kate estaba agotada y preocupada por él. Se estaba sacrificando cuando se suponía que aquella iba a ser una escapada romántica.

Por el momento solo recordaba que estaban prometidos. Recordó un poco de lío con las invitaciones de boda. Había dejado que su asistente se encargara de todo, pero ahora mismo no recordaba quién era su asistente.

Luc se pasó la mano por la cara y suspiró. No era el momento de pensar en sus empleados cuando estaba a punto de meterse en la cama con su prometida. Quería centrarse únicamente en Kate, en su viaje y en compensarla de algún modo.

***

Kate se duchó rápidamente, sin apartar la vista de la puerta que había dejado cerrada. Tendría que haber imaginado que Luc la querría en su dormitorio, que ni siquiera se lo plantearía.

Pero de ninguna manera se acostaría con él bajo falsas premisas. Por mucho que Luc hiciera que su cuerpo se estremeciera. Seguía siendo su asistente, y lo mejor para ambos era que mantuvieran la ropa puesta.

Kate se secó, se colocó una toalla al pelo y luego se puso la combinación. Se secó el pelo y luego se tomó su tiempo cepillándolo. Si tardaba un poco, tal vez Luc terminara durmiéndose antes de que ella volviera.

Se puso un poco de crema en las piernas y los hombros, colgó la toalla y se enfrentó a lo inevitable: iba a tener que entrar en esa habitación y meterse en la cama. Cuanto antes pasara aquel momento incómodo, antes podría volver a respirar con normalidad. Lo único que tenía que hacer era entrar, tumbarse al lado de Luc y esperar a que se durmiera. Entonces podría levantarse e ir a dormir al sofá. No se pasaría la noche tumbada a su lado de ninguna manera. La tentación de continuar con el beso donde lo habían dejado sería demasiado fuerte.

Pero el médico había sido firme respecto a no decir demasiado, a permitir que los recuerdos volvieran por sí mismos. Kate no quería hacer nada que pudiera provocarle a Luc más daño.

Tenía que mantener la norma de no confraternización y al mismo tiempo hacer el papel de la prometida entregada. Una combinación que parecía imposible.

Aspiró con fuerza el aire y abrió la puerta del baño. La visión de la habitación en penumbra le resultó agradable. Al menos así no tendría que mirarle a los ojos y mentir. La única luz era la que salía del cuarto de baño y se dirigía directamente a la cama, como si quisiera resaltar el pecho desnudo de Luc. Tenía las sábanas a la altura de la cintura y los brazos apoyados en la frente.

—Apaga la luz y ven a la cama.

La pérdida de memoria no había afectado a su autoritarismo. Exigía, nunca preguntaba, y esperaba que la gente obedeciera. Aquella era su fantasía hecha realidad, aunque cuando imaginaba a Luc ordenándola que se metiera en la cama con él nunca imaginó que sería en aquellas circunstancias.

El destino se burlaba de ella.

—¿Te sigue doliendo la cabeza? —le preguntó Kate desde el umbral del baño.

—Un poco, pero menos que antes.

Kate apagó la luz y la habitación se quedó a oscuras, a excepción de la suave luz de la luna que se filtraba a través de las puertas del balcón y que bastaba para guiarle el camino hasta la cama.

Apartó las sábanas, se metió en la cama con el mayor cuidado posible y se tumbó bocarriba. En el extremo. Rígida como una tabla. Y el deseo que sentía hacia él se hizo más fuerte cuando su masculino aroma la rodeó y el calor de su cuerpo calentó el minúsculo espacio que había entre ellos.

La cama se hundió un poco cuando Luc se giró hacia ella.

—¿Estás bien?

Su cuerpo se ajustaba perfectamente al de ella.

¿Estaba bien? No mucho. Por un lado estaba aterrorizada. Por otro se sentía completamente excitada. Y la excitación iba a la cabeza del resto de sus emociones. Sería tan fácil girarse y tomar lo que ansiaba…

–Estoy bien –le aseguró.

Con la oscuridad que les rodeaba, la intimidad alcanzó un nuevo nivel. Debería haber insistido en dejar alguna luz encendida. Pero entonces le vería la cara. Y sinceramente, no sabía qué tortura era mayor.

–Estás tensa –Luc le deslizó una mano por el brazo y luego se la posó en el vientre. Si pensaba que estaba tensa antes, solo tenía que seguir tocándola. Estaba a punto de convertirse en piedra.

Necesitaba recuperar el control de su cuerpo, de sus hormonas. Desgraciadamente, su mente y sus partes femeninas no estaban colaborando, porque se estaba excitando mucho, necesitaba girarse hacia él para recibir más caricias de las que le estaba ofreciendo.

El hecho de que la hubiera besado antes no significaba nada. Lo había hecho para que se callara, para demostrarle que tenía razón y ponerse al mando, como siempre hacía.

–Si estás preocupada por mí, puedes tranquilizarte, estoy bien –aseguró Luc–. Solo quiero quedarme aquí tumbado y abrazarte. Acércate más. Tengo la sensación de que te vas a caer de la cama.

Kate se movió un poco y le rozó con la rodilla. Su inconfundible erección hizo que se quedara paralizada al instante.

–Ignóralo –dijo Luc riéndose–. Yo lo estoy intentando con todas mis fuerzas.

Kate cerró los ojos y suspiró.

–No puedo hacer esto.

Capítulo Cinco

Luc agarró a Kate de la cintura cuando hizo amago de incorporarse. La atrajo contra su pecho y la sostuvo con fuerza. La combinación de seda le resbaló por el pecho, añadiendo combustible a su ya descontrolado fuego.

–No –le susurró Luc al oído–. Relájate. Tienes que dormir.

Kate tenía el cuerpo tenso y rígido. Algo la había asustado de verdad y no le decía lo que era. Una punzada de miedo lo atravesó.

–¿Te ha dicho el médico algo que no me hayas contado? –le preguntó.

–¿Qué? No –Kate se giró y se relajó un poco cuando le puso la mano en la suya. El primer contacto que había salido de ella desde que se metió en la cama–. Lo único que me dijo fue que le parecía necesario que recordaras las cosas por ti mismo.

–Lo único que quiero hacer ahora mismo es conseguir que te relajes.

Luc sacó la mano de debajo de la suya y la deslizó por la tira bordada de la combinación. Kate se puso tensa y luego se arqueó, como si estuviera luchando contra su propia excitación. Cuando contuvo el aliento, Luc supo que la tenía en sus manos.

–Necesitas descansar, Luc.

La voz temblorosa la traicionaba, indicaba que estaba tan excitada como él. Luc le retiró una pierna y deslizó los dedos bajo la seda hasta que encontró la goma elástica de las braguitas.

–Lo que necesito es darle placer a mi mujer –le susurró al oído, complacido al ver que temblaba.

Kate volvió a arquear la espalda y dejó caer la cabeza sobre su hombro.

–Luc, no tienes que…

Él le mordisqueó la tierna piel del lóbulo mientras le deslizaba las manos en el interior de las braguitas para acariciarla.

–Quiero hacerlo.

Sus suaves gemidos, su grito cuando encontró el punto exacto, le dejaron con la boca seca. No hizo falta mucho tiempo para que el cuerpo de Kate se rindiera y se estremeciera bajo su contacto. Gimió y tembló mientras Luc le trazaba un camino de besos por el hombro, el cuello y detrás de la oreja.

Pero nada le desató ningún recuerdo.

De todas formas, no lamentaba darle placer. Aquel momento íntimo hacía que la deseara más.

–¿Siempre eres tan receptiva? –susurró.

Ella se giró lentamente para mirarle y le puso una palma en el pecho. Con el pálido brillo de la luna, se dio cuenta de que le brillaban los ojos.

–No llores, cariño.

Kate parpadeó y las lágrimas le cayeron por las sonrosadas mejillas.

–No has recordado nada, ¿verdad?

Él le apartó el pelo de la cara.

–No.

Cuando Kate le deslizó la mano por el abdomen en dirección a la cinturilla de los boxer, Luc le agarró la muñeca.

Kate había pasado un momento muy duro y no estaba dispuesto a permitir que pensara que le había dado placer solo para conseguir él el suyo. Aquel momento era para ella, para que estuviera tranquila.

–Los dos necesitamos descansar –le dijo dándole un beso en la frente–. Tú estás exhausta y yo tengo que recuperarme. Haremos el amor mañana y te compensaré por esto, Kate. Nuestro viaje no será un fracaso, te lo prometo.

Era una estúpida, una inconsciente y una irresponsable.

Primero había permitido que la tocara y luego había gritado. Las lágrimas surgieron en cuanto volvió a la realidad tras el clímax más increíble que había tenido en su vida.

Fue un momento impactante y sobrecogedor. Y entonces supo que Luc no había recordado nada, en caso contrario se habría enfadado al verse en esa posición con ella.

Entonces le cayeron las lágrimas y no hubo forma de detenerlas.

Lo que tendría que haber sido un momento bonito quedó manchado por la situación. No esperaba que Luc fuera tan poderoso en la cama. No sabía cómo iba a contenerse ahora que habían compartido semejante pasión.

Su promesa de irse al sofá en cuanto Luc se quedara

dormido había salido volando por la ventana. La misión de relajarla había sido un éxito, y se había quedado frita.

¿En qué momento se le había ido de las manos aquella extraña situación? Acababa de pasar la noche en brazos de su jefe, un jefe que era príncipe, un jefe que pensaba que era su prometida. Un hombre que se jactaba de mantener el control y mantener la vida profesional separada de la personal. La norma estaba muy clara en palacio.

Todo lo que había sucedido en las últimas dieciocho horas era un lío colosal.

Kate corrió a su cabaña a primera hora de la mañana mientras Luc dormía. Se llevó un par de vestidos y el bañador. Con eso debería bastarle para los próximos días, aunque esperaba no estar allí tanto tiempo.

Le vibró el teléfono en el bolsillo del vestido. Lo sacó y vio el nombre del médico en la pantalla.

–Buenos días, doctor Couchot –dijo tratando de aparentar naturalidad.

–Hola, Kate, ¿cómo se encuentra Luc esta mañana?

Ella miró hacia atrás, hacia las puertas abiertas del patio, y lo vio dormido en la cama, respirando con tranquilidad.

–Sigue durmiendo –le dijo al médico girándose otra vez para observar el plácido mecer de las olas en la orilla–. Anoche estaba exhausto.

–Me lo imagino. ¿Alguna novedad? ¿Algún cambio en la memoria o algún síntoma nuevo?

Kate se apoyó en la barandilla de hierro y se preguntó si valdría la pena comentar la intimidad de la noche anterior. Mejor que no.

–No. Sigue igual.

Seguía siendo el mismo hombre controlador, decidido y sexy de siempre, y era muy generoso bajo las sábanas...

El doctor Couchot le repitió que debía dejar que Luc pensara por sí mismo, dejar que los recuerdos volvieran tan lenta o tan rápidamente como necesitara su mente. Como si Kate necesitara que se lo recordaran. Apenas podía centrarse en otra cosa que no fuera guardar aquel colosal secreto.

Cuando colgó, se giró y apoyó la espalda contra la barandilla para mirar a Luc dormido. Rezó para que recuperara pronto la memoria y pudieran seguir adelante. No sabía si podría continuar adelante con aquella farsa.

Luc era un luchador. No permitiría que la pérdida de memoria le hundiera. Lucharía con uñas y dientes para salir de aquel abismo y luego...

¿Y luego qué? ¿La despediría? ¿La miraría con desdén?

A Kate se le formó un nudo en la boca del estómago. ¿Perderían sus padres su trabajo? Sin duda se sentirían decepcionados con ella por haber roto el protocolo real. Aquello no podía continuar, Luc tenía que recuperar la memoria. Hasta el momento no le había dado ninguna información extra relacionada con su pasado, y no tenía intención de hacerlo porque no quería empeorar las cosas. El modo en que la miraba ahora, con cariño, era algo nuevo y tentador. Y todo mentira.

Luc gritó en sueños. Kate se acercó lentamente a él. Volvió a gritar, pero ella no entendía lo que estaba diciendo. Dejó el teléfono en la mesilla de noche y se sentó al borde de la cama. Tuvo que hacer un esfuerzo para no tocarle, para no deslizarle la yema de los dedos por el tatuaje del hombro.

Se le había bajado la sábana lo suficiente como para mostrar una cadera y el extremo de los boxer negros. Había sentido aquellos calzoncillos contra la piel la noche anterior. Y también lo que había debajo de ellos.

–Dime –murmuró Luc moviéndose. Tenía los ojos completamente cerrados, como si estuviera tratando de luchar contra la imagen que le hacía revolverse bajo las sábanas.

Kate se quedó paralizada. ¿Estaría recordando algo? Cuando frunció el ceño y le empezó a temblar la barbilla, supo que estaba luchando contra algún demonio. No podía quedarse allí sentada y verle sufrir.

–Luc –le puso una mano en el hombro y se lo agitó suavemente–. Luc.

Él se despertó de golpe y se la quedó mirando fijamente. Parpadeó unas cuantas veces y Kate retiró la mano. Luc se pasó una mano por la cara y dejó escapar un suspiro.

–Esto es una locura. Estaba soñando con un bebé –murmuró deslizando la vista al vientre de Kate–. ¿Vamos a tener un hijo?

En aquello podía ser absolutamente sincera.

–No.

–Maldición –Luc volvió a dejarse caer sobre la almohada y miró al techo–. Estaba convencido de haber hecho un avance.

Kate tragó saliva. Con la mentira de su ex sobre el embarazo todavía fresca, Kate pensó que sería solo cuestión de tiempo que recordara.

No sabía si sentirse asustada o aliviada. No habían llegado a acostarse juntos, así que confiaba en que podrían retomar su anterior relación cuando volviera el antiguo Luc.

–Ha sido muy real –continuó él–. Tenía la mano en tu vientre y estaba emocionado por la idea de ser padre. No sabía qué iba a hacer, pero la idea me fascinaba.

A Kate se le encogió el corazón ante su reacción. Aquello iba a ir cuesta abajo si no hacía algo al respecto. Tal vez no pudiera devolverle sus recuerdos, pero eso no significaba que no pudiera encontrar otra manera de despertarle la memoria.

–¿Qué te parece si sacamos un rato las motos de agua? –sugirió.

–Ahora mismo no me apetece.

Vaya. Era la primera vez que Luc rechazaba hacer algo en el agua. Sobre todo si se trataba de la moto o del barco. Tenía que sacarle de casa, apartarlo de la tentación de la cama, de la ducha…

–¿Quieres ir a relajarte a la playa y no hacer absolutamente nada?

Aunque la idea de estar tumbados el uno al lado del otro en bañador no le parecía tan buena ahora que la había dicho en voz alta.

Una sonrisa radiante le cubrió el rostro a Luc.

–Tengo una idea mejor.

Kate reconoció aquella expresión traviesa. Luc tenía un plan, y ella no sabía si debía preocuparse o seguirle la corriente.

Capítulo Seis

Tenía la frente sudada, le ardían los músculos y finalmente estaba disfrutando de la dosis de adrenalina que necesitaba.

Kate gimió, estaba sudorosa, y Luc no recordaba haberla visto nunca tan bella.

–No puedo seguir haciendo esto –jadeó ella apoyándose en la pared.

Luc dejó el mazo en el suelo con el mango apoyado en la pierna.

–Podemos darnos un descanso.

–Quería decir que no puedo hacer esto nunca más.

Luc se rio. Acababan de destrozar la vieja cómoda del baño del pasillo, y la escena era un desastre. Los obreros habían dejado allí la mayoría de las herramientas, así que Luc pensó en hacer algo útil mientras esperaba a recuperar la memoria. No, nunca había hecho antes ninguna reforma. Era príncipe. Pero sabía que iban a cambiar aquel baño por completo, así que estaba soltando algo de presión y ayudando a los obreros al mismo tiempo.

–¿Qué vamos a hacer con todo este desorden? –preguntó Kate mirando a su alrededor.

Estaban en medio de una pila de cerámica rota, con algunos escombros grandes.

–Dejarlo –afirmó Luc–. Cuando vuelvan los chicos

a terminar con esto se lo llevarán –pasó por encima de los escombros para salir por la puerta.

Kate dejó el mazo encima de los escombros y le siguió. Luc le tendió la mano y la ayudó a salir al pasillo.

–¿Y si nos llevamos las herramientas a la cocina? –propuso sonriendo–. Es horrorosa.

Kate puso los ojos en blanco.

–Prefiero ir a la cocina a preparar algo de comer, porque tú solo has desayunado café y mi tostada se quemó con el quinto mazazo a esa cómoda.

La frente brillante de Kate y la mancha de suciedad de la cara le hicieron recordar al instante a una niña pequeña con una cola de caballo corriendo tras un perro por el jardín.

–Tú solías jugar con Booker –murmuró Luc– en la casa de vacaciones que tenía mi familia en Estados Unidos.

Kate abrió los ojos de par en par.

–Es verdad. ¿Has tenido un recuerdo?

Luc se frotó la frente y maldijo entre dientes cuando se le fue la imagen.

–Sí. Entonces te conozco desde hace mucho tiempo.

Kate asintió, observándole.

–Nos conocemos desde que yo tenía seis años.

–Soy mucho mayor que tú.

Una sonrisa cruzó el rostro de Kate.

–Diez años.

–¿Cuánto tiempo llevamos juntos?

Ella se mordió el labio y apartó la vista.

–Sé que el médico dijo que me dejaras recordar por mí mismo, pero quiero saberlo.

Los ojos de gacela de Kate volvieron a clavarse en los suyos.

–Empecé a trabajar para ti hace un año.

Luc se quedó asombrado.

–¿Trabajas para mí?

Trató de recordar, de pensar en ella en un ambiente profesional. Nada. Prefería recordarla en una atmósfera íntima porque eso era lo que más le molestaba. Estaban enamorados y prometidos y no podía recordar absolutamente nada respecto al lazo que los unía.

–¿Qué haces para mí? –le preguntó–. Aparte de excitarme y hacerme desearte. ¿Y cómo conseguimos sortear la norma familiar de no mezclar el placer con el trabajo?

Kate se sonrojó, extendió la mano y le acarició la mejilla.

–Soy tu asistente. No voy a decirte nada más, ¿de acuerdo?

Luc deslizó la mano sobre la suya y luego se la llevó a los labios.

–De acuerdo –cedió besándosela–. Pero no puedo creer que permita trabajar a mi prometida.

Ella esbozó una sonrisa.

–¿Permitirme? Cariño, tú no me tienes que permitir nada.

Luc se rio y la atrajo hacia sí.

–Me da la sensación de que tenemos muchos combates verbales.

–Ni te lo imaginas –reconoció Kate con una sonrisa.

Cuando Luc empezó a besarle el cuello, se apartó.

–Estoy sudando y huelo mal, Luc. No creo que quieras hundir la nariz en mi piel en estos momentos.

Luc le pasó la lengua por el delicado punto situado justo debajo de la oreja.

–Tengo pensado hacerte sudar más tarde en cualquier caso, Kate.

Kate tembló. No hacía falta que le contara cómo iba a terminar el día. Dormir a su lado la noche anterior había sido una dulce tortura, pero verla alcanzar el éxtasis cuando la tocó había sido tremendamente erótico y sexy.

Estaba deseando hacerla suya. Explorarla, volver a recorrer su cuerpo.

–¿Nuestra relación ha sido siempre así de intensa? –preguntó mirándose en aquellos ojos en los que cualquier hombre podría perderse.

–Todo en nuestra relación es intenso –murmuró Kate mirándole a la boca–. Nunca sé si quiero besarte o estrangularte.

–Besarme –susurró Luc contra su boca–. Elige siempre besarme, *mi doce anjo.*

«Dulce ángel». ¿La había llamado siempre así? Cuando Kate abrió los labios bajo los suyos, supo que el término era adecuado. Sabía muy dulce cada vez que la besaba. Le pasó un brazo por la cintura y le acarició la espalda. Seguía llevando el vestido corto que se había puesto por la mañana. No se había cambiado cuando empezaron con la demolición del baño, y verla inclinarse y captar un atisbo de sus torneados muslos había estado a punto de volverle loco.

Luc le agarró las nalgas.

–Te deseo desde anoche –murmuró contra su boca–. El deseo no ha disminuido, y aunque no recuerde nada de nuestra intimidad, algo me dice que llevo mucho tiempo obsesionado contigo. Esta ansia no es nueva.

Ella dejó escapar un suspiro tembloroso.

–Eso es algo que no puedo atestiguar. No sé desde cuando me deseas.

Luc se echó un poco hacia atrás sin soltarla.

–Desde siempre, Kate. Me niego a creer otra cosa.

Los ojos de Kate se llenaron de lágrimas.

–Tal vez termines recordando otra cosa.

Entonces se apartó, dejándolo frío y confundido. ¿Qué significaba aquello? ¿No tenían una relación sólida, un amor profundo, como él había pensado?

Luc la dejó ir. Al parecer ambos tenían demonios emocionales con los que trabajar. A pesar de la amnesia temporal, no la dejaría pasar por aquello sola. Los dos se necesitaban, eso estaba claro, y aunque tratara de apartarlo de sí, pronto se daría cuenta de que no iba a irse a ninguna parte.

Estaban en esto juntos. Kate era suya y se mostraría fuerte para ella. No permitiría que la pérdida de memoria le robara su vida ni a su mujer.

Kate se puso el traje de baño y se dirigió a la playa. Tal vez a Luc le viniera bien romper cosas para aliviar el estrés, pero ella necesitaba otro tipo de ejercicio. No había nada como nadar para que ardieran de verdad los músculos y se despertaran las endorfinas.

No había mentido al decirle a Luc que su relación había sido siempre intensa. Ni tampoco al asegurarle que no sabía desde cuándo la deseaba.

Pero Luc tenía razón en una çosa. Las emociones que sentía, el modo de actuar hacia ella, no eran nuevos. Todo aquel deseo, la pasión, llevaban un tiempo adormecidos y se había preguntado cuándo saldrían a la superficie. Ni en sus sueños más salvajes imaginó que haría falta una lesión mayor para exacerbar aquella química.

La pregunta era, ¿aquellos sentimientos estaban dirigidos directamente hacia ella o eran los restos de su ex? Un año atrás, Luc admitió que había una atracción, pero le había puesto freno debido a su relación profesional y a que los padres de Kate trabajaban con su familia. Kate no sabía cómo eran Luc y su exprometida en la intimidad. De hecho trataba de no pensar nunca en ello. Pero ahora no podía dejar de hacerlo.

¿Sentía algo realmente fuerte Luc por ella? Si era así, ¿por qué se había contenido durante tanto tiempo?

Kate se desató el nudo del pareo y dejó que la fina tela cayera a la arena. Corrió directamente al mar y dejó el mundo a su espalda, deseando poder dejar también atrás aquel lío y no tener que seguir mintiendo a Luc. Deseaba poder besarle, dormir en su cama y hacerle saber quién era. Luc había dicho que se iban a acostar luego. Evitar aquello iba a resultar casi imposible. ¿Cómo iba a decirle que no al objeto de sus fantasías?

El agua cálida le resbaló por el cuerpo mientras agitaba los brazos a través de las suaves olas. El calor del sol le daba en la espalda y los músculos ya gritaban por el esfuerzo.

Kate se esforzó todavía más y salió a la superficie para aspirar de nuevo el aire y recuperarse. Jadeaba mientras seguía adentrándose en el mar. Todavía no había quemado toda la angustia.

Antes de que pudiera darse cuenta estaba tan lejos

de la orilla que ya no podía ver la casa de Luc. Volvió dando grandes brazadas y se dejó caer en la arena. Se llevó las piernas al pecho, se agarró las rodillas y contuvo el aliento a la espera de que surgieran respuestas.

Una cosa estaba clara. Luc y ella necesitaban estar lo más lejos posible de la casa. Tal vez estaría bien ir de visita al pueblo. Cualquier cosa con tal de posponer lo inevitable. La mirada hambrienta de los ojos de Luc, el modo en que la tocaba constantemente, todo era indicativo de que el momento se acercaba. Y sí, ella deseaba aquel momento más que al aire que respiraba, pero no quería que surgiera de la desesperación y la mentira.

Kate se levantó y estiró los músculos en la arena. Se dirigió de regreso a casa de Luc y pasó por delante de otras casas de playa. Algunas eran más grandes, otras más pequeñas, pero todas tenían el mismo encanto marítimo con sus propios muelles y barcos balanceándose contra los tablones de madera.

La isla era el lugar perfecto de escape para un príncipe. En circunstancias normales, Luc podría esconderse allí de la presión de los medios, sin la distracción de Internet ni del mundo exterior.

Aquel lugar podía ser un trozo de cielo en la tierra para cualquier pareja que buscara una escapada romántica.

Lástima que ella solo fuera producto de la imaginación de Luc.

Volvería a la casa y repasaría la agenda de Luc para cuando volvieran a Ilha Beleza. Echar un vistazo a sus deberes y responsabilidades sin duda ayudaría a Luc a que surgiera algo en su mente.

Capítulo Siete

El móvil de Luc rebotó en el cojín del sofá cuando lo arrojó allí. Era inútil. Reconocía los nombres de sus padres, de Mikos, su mejor amigo, y de Kate. Aparte de eso, nada.

Se pasó la mano por la cara antes de ponerse de pie y cruzar las puertas del patio. Kate llevaba un rato largo fuera, y Luc sabía que se sentía frustrada. A él también le gustaría huir de sus problemas, pero desgraciadamente, vivían en el interior de su cabeza. Aunque no podía culparla por querer pasar un tiempo a solas.

Salió al patio y dirigió al instante la mirada hacia el muelle. Se quedó mirando la moto de agua que estaba a un lado y el barco al otro, y se preguntó qué estaría haciendo antes de caerse. ¿Iba a adentrarse en el mar a oscuras? ¿Iba a ir Kate con él? Todo lo sucedido antes de la caída estaba en blanco. No tenía ni idea de qué estaban haciendo antes del accidente.

Qué diablos, ni siquiera recordaba cómo habían empezado a trabajar Kate y él juntos. Y le sonaba la regla familiar de no intimar con el personal. La familia Silva no intimaba con sus empleados. Entonces, ¿había empezado a trabajar Kate con él después de hacerse pareja? ¿Tan valiosa era para él que quiso que fuera su mano derecha también en el mundo profesional?

Las preguntas se le agolpaban en la cabeza con demasiada rapidez. Si no recuperaba pronto la memoria, terminaría por volverse loco. Confiaba en poder recuperar las riendas de su vida antes de que aquella amnesia le distanciara de Kate.

Luc estiró la espalda cuando aquella idea atravesó la incertidumbre por la que estaba pasando. Lo único que importaba eran Kate y él. Aquella era su escapada, así que lo único que tenía que hacer era disfrutar de su compañía. Una escapada romántica con su sexy prometida podía ser justo lo que necesitaba.

Escuchó un teléfono en el salón. Luc entró deprisa y encontró el móvil de Kate en una de las mesitas. El nombre de su madre figuraba en la pantalla. Le resultó extraño que llamara a Kate.

Luc contestó sin pensárselo dos veces.

–¿Hola?

–¿Lucas? Cariño, ¿cómo te encuentras?

El tono preocupado de su madre se transmitió al otro lado de la línea. Su voz le resultó familiar, y se alegró de que su mente no le hubiera robado aquella conexión.

–Frustrado –admitió dejándose caer en la silla–. Me duele muchísimo la cabeza, pero aparte de eso estoy bien. ¿Por qué has llamado al móvil de Kate?

–No quería molestarte por si estabas descansando. Hablé con Kate anoche, pero quería saber cómo estabas hoy.

–No tienes de qué preocuparte, mamá. Kate está cuidando bien de mí. Solo necesito relajarme, y este es el mejor sitio para hacerlo.

Su madre emitió un sonido que parecía de desaprobación.

–Bueno, llama al médico si empiezas a tener otros síntomas. No me gusta que no estés en casa, me preocupo, pero eres obstinado como tu padre, así que estoy acostumbrada.

Luc sonrió. En aquel momento Kate cruzó por la puerta cubierta de sudor. O tal vez fuera agua del mar. En cualquier caso estaba muy sexy mojada y despeinada. ¿Se le pasaría alguna vez el deseo que sentía por ella? Cada vez que la miraba le entraban ganas de llevársela a la cama.

–No hay nada de qué preocuparse –afirmó con los ojos clavados en los de Kate–. Estoy en buenas manos. Te llamaré más adelante.

Colgó y se puso de pie. Kate abrió los ojos de par en par cuando se le acercó.

–¿Estabas hablando por mi móvil? –preguntó.

–Era mi madre, quería saber cómo estaba. Llamó a tu móvil por si yo estaba descansando.

Kate miró a su alrededor.

–Y… ¿no ha dicho nada más?

Luc le deslizó un dedo por el escote y vio cómo desaparecía la humedad bajo su contacto.

–No, ¿por qué?

–Simple curiosidad –Kate tembló bajo su contacto–. Tengo que ir a ducharme. Luego tenemos que hablar de tu agenda para los próximos eventos.

Una ola de calor atravesó a Luc cuando deslizó la boca sobre la suya.

–Usa mi ducha. Podemos trabajar más tarde.

Kate se inclinó un poco hacia él pero se retiró al instante. Algo pasó por su mirada antes de apartar la vista. Luc la agarró del codo cuando iba a marcharse.

–¿Estás bien?

Ella esbozó una sonrisa falsa.

–Muy bien. Solo un poco cansada de nadar y correr.

Las ojeras que tenía indicaban que no había dormido tan bien como aseguraba. Luc asintió, le soltó el brazo y escuchó cómo se dirigía al dormitorio principal por el pasillo.

Luc esperó a asegurarse de que estaba en la ducha y luego se quitó la camiseta por la cabeza sin importarle dónde caía. Cuando llegó al dormitorio se había despojado de toda la ropa, dejando un reguero por el camino.

El vapor del agua lo llevó a imaginar todo tipo de posibilidades. Y todas ella estaban relacionadas con Kate desnuda y mojada.

Cuando llegó a la espaciosa ducha rodeada de plantas disfrutó de la escena. Kate con el agua resbalándole por las curvas, el pelo mojado y pegado a la espalda mientras alzaba la cara hacia el chorro de agua.

Luc cruzó la habitación y pisó el mojado azulejo. Al instante la tenía entre sus brazos, moldeándola contra él.

Kate exhaló un gemido y su cuerpo se puso tenso contra el suyo.

–Luc…

Él le dio la vuelta, atajando lo que estuviera a punto de decir. La necesitaba, necesitaba recuperar algo de normalidad en su vida. Kate era su roca, su cimiento, y quería volver a conectar con ella del modo más primitivo y natural posible.

–Luc –murmuró ella contra su boca–. No deberíamos…

Sus palabras murieron mientras la besaba por el cuello.

–Sí deberíamos.

La aterciopelada piel de Kate le estaba volviendo loco. Ella se arqueó contra él y le agarró los hombros.

–Estás lesionado –jadeó.

Luc alzó la vista para mirarla a los ojos.

–El día que no pueda hacerle el amor a mi prometida estaré muerto.

Luc la apretó contra sí y le deslizó un brazo por la espalda mientras volvía a reclamar su boca una vez más. Hubo vacilación en su respuesta. Luc fue más despacio, no quería que Kate pensara que debía protegerlo.

Pero aquella necesidad imperiosa de tomarla, de hacerla suya, provocaba que perdiera el control.

–Te deseo, Kate –le susurró contra la boca–. Quiero tenerte, ahora.

Luc le mordisqueó los labios y le deslizó las palmas por las caderas antes de subir a los senos, que parecían hechos para sus manos. Era perfecta para él en todos los sentidos. Se sentía afortunado de tenerla en su vida.

Mientras le masajeaba un seno, Kate dejó caer la cabeza hacia atrás exponiendo su blanco cuello. Luc deslizó la lengua por él, provocando un suave gemido de sus labios. Luego la levantó.

–Rodéame con las piernas.

Ella abrió los ojos de par en par.

–Yo…

–Ahora, Kate.

Cuando le rodeó la cintura con las piernas, Luc le agarró las manos y se las colocó por encima de la cabeza. Se deslizó en ella, quedándose quieto al ver que contenía el aliento.

–¿Estás bien?

Kate asintió con los ojos cerrados y mordiéndose el labio inferior. Luc le sujetó las muñecas con una mano mientras usaba la otra para deslizarle el pulgar por el labio.

–Mírame –le pidió–. Quiero ver esos ojos.

Las gotas de agua le caían por las pestañas cuando parpadeó. Luc se apretó contra ella y observó su reacción. No quería perderse detalle de su excitación. Tal vez no recordara sus encuentros anteriores, pero iba a fabricar nuevos recuerdos empezando desde aquel mismo momento.

Kate agitó las caderas al mismo tiempo que las suyas. Arqueó el cuerpo cuando él aumentó la velocidad.

–Luc –jadeó–. Por favor…

Sosteniéndola de la cintura, Luc subió la boca desde el cuello hasta la oreja.

–Todo –susurró–. Te lo voy a dar todo. Déjate llevar.

El cuerpo de Kate se puso tenso y se estremeció. Cuando gritó al alcanzar el clímax, Luc la siguió. Estrechándola entre sus brazos, no pudo evitar preguntarse si cada vez que estaban juntos parecía la primera, o si se trataba de un momento particularmente poderoso. Aquella mujer tenía la capacidad de hacerle comer de su mano en todos los sentidos.

Entonces, ¿por qué su bella prometida, que acababa de alcanzar el éxtasis entre sus brazos, lloraba contra su hombro?

Kate no podía parar de llorar, igual que no podía evitar que Luc le hiciera el amor.

Pero no estaban haciendo el amor. Era sexo. Luc no la amaba, y cuando recuperara la memoria ni siquiera seguiría cayéndole bien. A ella le preocupaba la noche, la hora de acostarse. Nunca pensó que se reuniría con ella en la ducha. El sexo con Luc no se parecía en nada a ningún encuentro que hubiera tenido hasta ahora. Nada podría haberla preparado para la intensidad de su pasión.

¿Cómo se le había escapado de las manos la situación? La realidad de estar con Luc había excedido con creces todas sus fantasías. Y ahora que había probado cómo podía ser, quería más.

–¿Kate?

Ella se le agarró a los bíceps y mantuvo la mirada puesta en su pecho. No podía mirarle a los ojos después de lo que había hecho. Luc no lo entendería.

¿Así sería como la trataría si la amara? ¿La sorprendería en la ducha para reclamar su cuerpo?

Luc cerró la llave del agua y luego se giró y la tomó en brazos con un rápido movimiento.

–Dime algo, cariño –salió de la ducha y la dejó sobre el acolchado banco. Agarró una toalla y la tapó con ella antes de colocarse él una a la cintura y ponerse de cuclillas frente a ella.

–Mírame.

Kate alzó la mirada hacia sus ojos oscuros. ¿No sabía que le estaba mintiendo? Podía ser franca. Podría decirle en aquel momento que no era su prometida, que llevaba años esperando que se acercara a ella de aquel modo. Pero todo sonaba todavía más patético que la verdad, que era que se había visto atrapada en una espiral de mentiras.

–¿Te he hecho daño? –preguntó Luc.

Kate se secó las lágrimas de las mejillas y sacudió la cabeza.

–No, solo estoy un poco abrumada –admitió–. No habíamos estado juntos antes.

Luc la observó durante un instante antes de alzar las cejas.

–¿Quieres decir que no habíamos hecho nunca el amor?

Kate se sentía avergonzada. Se limitó a asentir.

Luc murmuró una palabrota en portugués.

–¿Cómo es posible? –quiso saber–. Dijiste que llevábamos trabajando juntos casi un año.

–La familia real tiene una norma sobre las relaciones con el personal, así que decidimos esperar. Luego nos planteamos esta escapada y…

No podía terminar. No podía seguir mintiendo. Las emociones eran demasiado fuertes y su cuerpo todavía temblaba por la pasión.

Luc se puso de pie y siguió soltando palabrotas. Se estaba culpando a sí mismo por algo que era completamente culpa de ella.

Incapaz de soportar la tensión y el peso de la culpabilidad, Kate también se puso de pie.

–Luc, necesito decirte…

–No –se giró hacia ella con los brazos en jarras–. Me he aprovechado de ti. Lo siento muchísimo, Kate. No tenía ni idea. Me dejé llevar por el momento, quería olvidar la amnesia y estar contigo.

–No. Esto no es culpa tuya de ninguna manera –Kate agarró el extremo de la toalla y se estremeció–. Vamos a vestirnos. Tenemos que hablar.

Capítulo Ocho

Luc agarró ropa del dormitorio y fue a vestirse a la otra habitación. De todos los planes que tenía para Kate, hacerla suya cuando no estaba preparada no era uno de ellos.

Eso explicaba por qué se había puesto tensa cuando apareció en la ducha, y también las lágrimas de después. Por no mencionar que le hubiera rechazado la noche anterior en la cama.

Luc se maldijo un vez más por haber perdido el control.

Salió al pasillo y recogió la ropa que había dejado tirada para llevarla a la lavadora. Se sentía consumido por la culpa, y solo le cabía esperar que Kate le perdonara.

Cuando ella salió de la habitación tenía el pelo recogido en lo alto de la cabeza y se había puesto otro de aquellos vestidos cortos que le dejaban al descubierto los hombros bronceados y las piernas.

Kate tomó asiento en el sofá y dio una palmadita para que él ocupara el cojín de al lado.

—Tú relájate, ¿de acuerdo?

¿Relajarse? ¿Cómo iba a hacerlo cuando todo aquel lío había empezado porque había olvidado todo sobre la mujer a la que supuestamente amaba?

Un momento, sí, la amaba. Cuando la miraba y veía

66

lo increíble y paciente que se mostraba con él, y cómo se había dejado tomar en la ducha sin detenerlo, ¿cómo no iba a amarla? El corazón le latía más deprisa cuando la miraba. Cuando la tocaba, el mundo parecía un lugar mejor.

Lo único que quería era recodar cómo se había enamorado de ella, porque lo único que podía recordar era aquel absorbente deseo que se había hecho todavía más fuerte después de tenerla.

–Luc –Kate le tendió la mano–. Ven.

Él se acercó, le tomó la mano y se sentó a su lado.

–Dime que estás bien –le pidió mirándola a los ojos–. Dime que no te he hecho daño ni física ni emocionalmente.

–Ya te he dicho que estoy bien –le tranquilizó ella con una sonrisa–. Pero necesito hablar contigo. Hay muchas cosas que debes saber, pero me las he estado callando porque no quiero que afecten a tu proceso de curación.

Luc se acercó más y le pasó el brazo por los hombros para atraerla hacia sí.

–Si hay algo que te preocupa, dímelo. Quiero estar ahí para ti. Quiero ser fuerte para ti.

La delicada mano de Kate descansó sobre su muslo. Aspiró con fuerza el aire y luego se estremeció.

–Soy adoptada.

–¿Yo ya lo sabía? –quiso saber él.

–No. Solo lo saben mis padres.

Luc empezó a darle vueltas en la cabeza. Los padres de Kate trabajaban para sus padres. Se le cruzaron por la mente imágenes de ellos en su casa.

–Scott y Maria, ¿verdad?

–Sí –Kate inclinó la cabeza y le miró a los ojos–. ¿Estás recordando algo?

–No lo bastante rápido –murmuró él–. Sigue.

–Nací en Estados Unidos –continuó Kate–. En Georgia, para ser exactos. Mis padres me adoptaron cuando tenía seis años. Tengo vagos recuerdos del lugar donde estaba antes, pero siempre ha ocupado un lugar importante en mi corazón. Mis padres terminaron yéndose a vivir a Ilha Beleza para trabajar a tiempo completo en el palacio. Antes trabajaban en la casa de vacaciones que tenía tu familia en la costa de Georgia.

Luc cerró los ojos y vio una casa blanca con columnas y dos plantas. Un porche rodeaba la planta de abajo y tenía sillas de columpio que se mecían en la brisa. Booker y Kate de pequeña corriendo por el jardín…

Sí, recordaba aquella casa con cariño.

–He querido que visitaras el orfanato donde yo crecí desde que soy tu asistente, pero siempre hemos discutido por ello.

–¿Por qué? –preguntó Luc asombrado.

Ella se encogió de hombros.

–No sé por qué no quieres ir. Creo que no quieres perder el tiempo con eso. Te ofreciste a firmar un cheque, pero nunca conseguí que fueras. Creo que la visita de un miembro de una familia real significaría mucho para esos niños. Algunos llevan allí mucho tiempo, porque hay gente que solo quiere adoptar bebés.

Luc miró a su alrededor con la esperanza de que otro recuerdo le cruzara por la mente, de encontrar alguna imagen que le ayudara a unir todas las piezas.

–¿De eso discutíamos antes de mi caída? –preguntó centrándose otra vez en Kate.

–En realidad no. Yo intenté volver a sacar el tema pero no me dejaste –Kate se puso de pie y se acercó a las puertas del patio, que estaban abiertas–. Discutíamos porque los dos somos obstinados, y a veces hacemos y decimos cosas sin pensar.

Luc era consciente de ello. No le cabía duda de que él era cabezota, y Kate tenía una vena obstinada que le resultaba intrigante y atractiva.

–Cuando recuperes la memoria, quiero que sepas que todo lo que he hecho y dicho ha sido para protegerte –Kate estiró los hombros mientras miraba a las puertas y seguía dándole la espalda–. Me importas, Luc. Necesito que sepas eso por encima de todo.

El sentimiento con el que dijo aquellas palabras hizo que Luc se pusiera de pie y se acercara a ella. Le puso las manos en los hombros y le besó la coronilla.

–Sé lo que siente por mí, Kate. Me lo demostraste cuando me dejaste hacerte el amor, cuando antepusiste mis necesidades a cualquier duda que pudieras tener.

Kate se apoyó en él.

–Espero que siempre pienses eso.

–¿Qué te parece si vamos en barco al pueblo? –preguntó Luc–. Seguro que hay algún mercado, tiendas o restaurantes para entretenernos. Necesitamos divertirnos un poco.

Kate se giró entre sus brazos con una sonrisa genuina cruzándole la cara.

–Yo también iba a sugerir eso. Hace siglos que no voy de compras. Siempre estoy trabajando.

Se estremeció, como si se hubiera dado cuenta de lo que acababa de decir.

–No pasa nada –le dijo él besándola en la punta de

la nariz–. Me aseguraré de que tu jefe te dé el resto del día libre. Te lo mereces.

Aquella conversación no se parecía en nada a la que había imaginado. Bajar de la euforia que había supuesto el acto sexual con Luc en la ducha le había dañado seriamente el juicio y el sentido común.

Así que allí estaba ahora, con su vestido azul favorito, permitiendo que el viento le revolviera el pelo por los hombros y la cara mientras Luc amarraba el barco en el muelle del pueblo principal de la isla.

Mientras se dirigían a la costa, saludaron a los tripulantes de los demás barcos. A Kate le encantaba aquella zona. Lástima que seguramente no pudiera volver después del lío que había montado.

Allí se podían encontrar joyas artesanales, cerámica, flores y verduras. A Kate le apetecía mucho darse una vuelta, tal vez así podría dejar de pensar en que su cuerpo todavía temblaba por las caricias de Luc.

No podría volver a ducharse en el baño principal sin sentir su cuerpo contra el suyo, su respiración en los hombros. Sin escuchar sus palabras al oído mientras la hacía suya.

Kate sabía que debía haberle dicho a Luc lo del falso compromiso cuando él insinuó que quería hacerle el amor. Tendría que habérselo dicho en aquel mismo instante, pero no lo hizo, y ahora tenía que apechugar con ello.

Se estaba enamorando de él.

Aquello no podía terminar bien. Alguien iba a resultar herido.

–¿Estás bien? –le preguntó Luc agarrándole de la mano.

Kate empastó una sonrisa.

–Muy bien. Veamos qué tiene esta isla que ofrecernos.

Cuando subieron los escalones que llevaban a la calle, Kate contuvo al aliento. Era como un festival. Los vendedores se protegían bajo sombrillas de colores. Una pequeña banda de música estaba tocando en directo en el balcón de uno de los edificios antiguos. La gente se reía y bailaba, y en casi todos los puestos había un niño.

Kate acalló aquella voz interior que se burlaba de ella. Su sueño de tener una familia, un marido que la amara, ver crecer a sus hijos. Tal vez algún día tendría la oportunidad. Desgraciadamente, tal y como estaban yendo las cosas, no tendría que buscar marido, sino un nuevo trabajo.

Uno de los puestos le llamó de pronto la atención.

–Oh, Luc –le tiró de la manga–. Tengo que ir a mirarlo de cerca.

Prácticamente le arrastró por la calle adoquinada hasta el puesto de joyas. Los brillantes colores brillaban bajo el sol. Era como si los rayos se deslizaran bajo la sombrilla que los cubría. La amatista color púrpura, el jade verde, el cuarzo amarillo… todos eran maravillosos. Kate no sabía cuál escoger.

–Buenas tardes.

La vendedora la saludó en portugués. Kate se puso a hablar en ese idioma y le preguntó los precios. Al parecer la mujer era viuda y la niña que estaba a su lado era su única hija. Hacían las joyas juntas, y la niña estudiaba en casa, muchas veces hacía los deberes allí mismo, en el puesto.

Kate abrió la cartera y sacó el dinero. De ninguna manera se marcharía de allí sin comprarle algo a aquella familia.

Antes de que pudiera contar el dinero, Luc le puso la mano sobre la suya y sacudió la cabeza. Le preguntó a la señora cuánto le debía Kate por el collar y los pendientes que había escogido. Pagó los artículos, que fueron cuidadosamente envueltos en papel de seda roja, y luego fueron al siguiente puesto.

—No tenías por qué pagarlos —le dijo ella—. No espero que me consigas todo lo que quiero, Luc.

Él se encogió de hombros y la tomó de la mano mientras caminaban por la calle.

—Quiero comprarte cosas, Kate.

—Bueno, eso lo he escogido para mi madre —dijo riéndose.

Luc sonrió.

—Tampoco me importa comprarle cosas a mi futura suegra. No tiene importancia, de verdad.

Lo que había sido un momento bonito y relajado se dio de pronto la vuelta y golpeó a Kate en la cara con una dosis de realidad. Aquello se estaba volviendo demasiado real. Sus padres se habían visto de pronto metidos en el lío. Nunca serían los suegros de Luc, y cuando él descubriera la verdad, tal vez ni siquiera seguirían trabajando para su familia.

Se trasladaron a otro puesto, donde había cerámica. Kate vio un jarrón alto y le pasó la mano por encima. Antes de que se diera cuenta, Luc había pagado por él y el vendedor lo estaba envolviendo.

–No tienes que comprarme todo lo que veo –le pidió.

–¿Te gusta el jarrón? –preguntó él.

–Me encanta. Me preguntaba cómo quedaría en tu nueva casa.

Luc la besó suavemente en los labios antes de agarrar la bolsa y alejarse del puesto.

–Nuestra casa, Kate. Si a ti te gusta, a mí me parece bien. La decoración no es lo mío.

–No, tú prefieres demoler cosas.

Luc se rio.

–Lo cierto es que nuestro pequeño proyecto ha sido mi primer experimento de destrucción, pero me he divertido mucho. Creo que destrozaré la cocina antes de que nos vayamos.

Fueron de puesto en puesto y Kate terminó comprando un molinillo de viento y flores frescas mientras Luc hablaba con otro vendedor. Quería animar la zona del comedor, y las flores de lavanda quedarían perfectas en aquel jarrón amarillo.

Luego cargaron todas las bolsas en el barco y regresaron a casa.

A casa. Como si estuvieran acomodados en una rutina de pareja. Kate no debía pensar en la casa de Luc como en su casa. Estaba empezando a sentirse demasiado cómoda con aquel estilo de vida, y al final, cuando la mentira quedara expuesta y el inevitable rechazo de Luc la partiera por la mitad, no tendría a nadie a quien culpar excepto a sí misma.

Aquellas últimas horas con Luc habían sido maravillosas, pero la fantasía no duraría eternamente.

Capítulo Nueve

En algún momento de aquella última hora, Kate se había apartado. Estuvo callada en el barco y cuando entraron en casa. Colocó las flores en el precioso jarrón amarillo y las colocó en el comedor sin decir una palabra.

Hizo la cena, y el único sonido que Luc escuchó fue su suave canturreo mientras removía el arroz. Cuando terminaron de comer, Luc no pudo seguir soportándolo. Tenía que decir algo.

–Kate.

Ella salió de la cocina secándose las manos en el vestido. Luc permaneció de pie y esperó a que se le acercara.

–Sé que tienes muchas cosas en la cabeza en este momento –comenzó a decir–, pero hay algo que necesito decirte.

–Espera –Kate alzó una mano–. Yo primero. He estado pensando la manera de hablar contigo respecto a tu amnesia –suspiró y sacudió la cabeza–. Pero ni siquiera sé cómo empezar.

–El médico dijo que no me forzaras –Luc metió la mano en el bolsillo y sacó una bolsita de terciopelo–. Mientras buscas las palabras adecuadas, ¿por qué no abres esto?

A Kate le temblaron las manos mientras agarraba la

bolsita y la abría. Contuvo el aliento al sacar un anillo con una amatista cortada como una esmeralda.

–Luc –dijo mirándole–, ¿a qué viene esto?

–No llevas anillo en el dedo. Hoy me he dado cuenta de eso, y no sé por qué no lo llevas, pero no quería esperar a averiguarlo. Vi esto y supe que te encantaría.

Al ver que ella no decía nada ni se ponía el anillo, Luc empezó a sentirse nervioso.

–Si prefieres otra cosa puedo devolverlo. Al ver la gema recordé algo más sobre ti.

Kate abrió los ojos de par en par y una lágrima le resbaló por la mejilla al parpadear. Luc se la retiró y luego le apoyó la mano en la mejilla.

–Recordé que tu cumpleaños es en febrero y que esta es tu piedra. Me acordé del colgante de amatista que solías ponerte con vestidos largos en las fiestas de palacio. Te descansaba sobre los senos, y yo tenía celos de la gema.

Otra lágrima le resbaló por el rostro a Kate.

–Cuando me dices cosas así pienso que sientes algo por mí desde mucho antes de lo que yo imaginaba.

Luc le quitó el anillo de la mano y se lo deslizó en el dedo de la mano izquierda.

–Hay muchas cosas que no recuerdo, pero esto sí. Siempre te he deseado, Kate.

No le dio oportunidad de responder. La estrechó entre sus brazos y reclamó su boca. Le encantaba besarla, sentir su cuerpo contra el de él.

Kate le puso las manos en los hombros y dejó de besarle.

–Espera.

Ella se giró y le dio la espalda.

–¿Qué pasa, Kate?

–Quiero contártelo –susurró ella–. Necesito contártelo, pero no sé hasta dónde puedo hablar sin que te afecte a la memoria.

Luc dio un paso hacia ella y le puso las manos en los hombros.

–Entonces no digas nada. ¿No podemos disfrutar sin más del momento?

Kate se dio la vuelta entre sus brazos, le miró y sonrió.

–Nunca he sido tan feliz como en este momento. Pero me preocupa qué pasará cuando lo recuerdes todo.

Luc deslizó los labios sobre los suyos.

–No estoy pensando en mi memoria. Solo quiero mejorar lo que hicimos esta mañana –aseguró mirándola a los ojos–.Quiero hacerte el amor como es debido, Kate.

El cuerpo de Kate tembló bajo sus manos.

–Hace mucho tiempo que te deseo, Luc.

–Quiero que solo lleves puesto el anillo y el peso de mi cuerpo. Nada más.

Luc tiró del nudo que le sujetaba el vestido al cuello y la tela quedó flotando sobre los desnudos pechos de Kate. Dio un rápido tirón y cayó a sus pies. Luego le quitó las braguitas de seda rosa.

Luc se quedó mirando fijamente su pelo alborotado por los hombros, los labios hinchados por sus besos como si fuera la primera vez que lo veía.

–Perfecta –murmuró deslizándole las manos por la cintura y las caderas–. Eres absolutamente perfecta y eres toda mía.

La brisa que se filtraba por las puertas abiertas del patio los envolvió. El sol poniéndose en el horizonte creaba un ambiente especial, y aquel momento mágico eclipsó todos los problemas de su amnesia.

Guio a Kate hacía atrás y la colocó sobre una tumbona. Cuando estuvo tumbada, él empezó a quitarse la ropa. El modo en que ella le recorría con la mirada, estudiándole, provocó en su ego algo que no pudo explicar. Se vio a sí mismo queriendo saber qué pensaba Kate al mirarle, qué sentía. Aquello seguía siendo nuevo para él y quería saborear cada momento de su acto amoroso.

—He soñado con esto —murmuró.

Ella alzó las cejas.

—¿De verdad? ¿Crees que se trata de algún recuerdo?

Luc apoyó una mano en el respaldo de la tumbona y la otra en el cojín que tenía ella en la cadera. Cuando se cernió sobre su cuerpo, le rozó los pezones.

—Estoy seguro de ello —susurró—. Estabas desnuda en mi balcón, sonriendo. Lista para mí.

Una nube de pasión le cubrió los ojos a Kate mientras seguía mirándole fijamente.

—Tal vez tuve esa fantasía cuando vi este lugar por primera vez, o tal vez lo he pensado desde que estamos aquí —le mordisqueó el cuello—. En cualquier caso, tú tenías que estar aquí. Conmigo. Solo conmigo.

Kate arqueó el cuerpo cuando le deslizó los dedos por los bíceps antes de apoyarlos en sus hombros.

—Solo contigo —murmuró.

Luc se acomodó entre sus piernas. En cuanto sus labios rozaron los de ella, los tomó, aceptando lentamente todo lo que Kate estaba dispuesta a dar. Aquel deseo incontenible que sentía por ella crecía a cada momento. Llevaba a Kate en la sangre, en el corazón. No era de extrañar que quisiera casarse con ella y pasar el resto de su vida a su lado.

Kate le hundió las yemas de los dedos en la piel cuando apoyó la cabeza contra su hombro. Luc supo por los pequeños jadeos y los suaves gemidos que estaba a punto de alcanzar el clímax.

La besó en el cuello y subió hasta detrás de la oreja, ya sabía que allí había un punto débil. El cuerpo de Kate se estremeció contra el suyo mientras gritaba su nombre. Antes de que dejara de temblar, Luc también llegó al éxtasis, estrechando entre sus brazos a la mujer que amaba, rodeado de un halo de euforia que mantenía alejadas las preocupaciones y las dudas.

Lo único que importaba era Kate y su maravillosa vida juntos.

Le deslizó la mano por el vientre liso. Allí había un bebé, un bebé que crecía dentro de ella. No había pensado en ser padre, pero la idea le resultaba reconfortante. Se puso de rodillas y le besó el estómago desnudo. «Ya te quiero», susurró.

Luc se despertó sobresaltado y se quedó mirando fijamente la oscuridad. ¿Qué diablos era eso? ¿Un recuerdo? ¿Un sueño aleatorio? El corazón le latía muy deprisa contra el pecho. Aquello había sido real. Las emociones, la sensación del abdomen bajo la palma, todo había sido real.

Luc no creía en coincidencias. Aquello era un recuerdo, pero, ¿cómo podía ser? Kate no estaba embarazada. Dijo que no habían hecho el amor hasta el episodio de la ducha. Entonces, ¿de qué diablos se trataba aquel sueño?

Miró a la mujer que tenía al lado y se pasó una mano por la cara. Se dejó caer de nuevo sobre la almohada y entrelazó las manos detrás de la cabeza. No podría volver a dormirse. Tenía demasiadas cosas en la cabeza, demasiadas preguntas sin respuesta.

Al día siguiente buscaría esas respuestas. Aquella espera le estaba matando, porque no le bastaba con tener fragmentos de su vida. Quería toda la foto y la quería ya.

Tal vez si Kate hablara de sí misma, de su vida personal, conseguiría despertarle más recuerdos. Ya se había cansado de esperar, de estar encerrado en aquella prisión de la mente.

¿Cómo iba a seguir adelante con Kate si no podía recordar siquiera cómo era su vida en común?

Capítulo Diez

Tendría que habérselo dicho. Independientemente de lo que aconsejara el médico, tendría que haberle dicho a Luc que no estaban prometidos. Todo lo demás lo podría recordar por sí mismo, pero había que desenmascarar aquella mentira tan grande.

Y sin embargo, ya se habían acostado dos veces y ella no había dicho todavía ni una palabra.

El peso del anillo en la mano tampoco ayudaba a cargar con la culpa que le pesaba en el corazón. En lugar de intentar hacer las cosas bien, había dejado que las cosas se salieran de madre.

Kate salió del baño con un albornoz corto atado a la cintura. En cuanto alzó la vista vio a Luc sentado en la cama con la sábana blanca por debajo de la cadera. Todos aquellos músculos bronceados y tonificados, el tatuaje en el hombro, el vello oscuro del pecho. El hombre exudaba atractivo sexual y autoridad.

—No hacía falta que te pusieras el albornoz si vas a seguir mirándome así —le dijo él con voz adormilada.

Kate se apoyó en el quicio de la puerta del baño.

—¿Sabías que nunca has querido casarte? —le preguntó cruzándose de brazos.

Luc se rio y se apoyó contra el acolchado cabecero.

—Eso es un tópico, pero no. No lo sabía.

Kate tragó saliva.

–No tenías intención de tener esposa, pero Ilha Beleza tiene una ley arcaica y estúpida que dictamina que debes casarte antes de cumplir los treinta y cinco años para poder acceder al trono.

–Mi cumpleaños es ya pronto –murmuró Luc como si acabara de caer en ello–. ¿Estás diciendo que no podré subir al trono si para entonces no estamos casados?

Aquel era el truco.

–No podrás coronarte hasta que estés casado.

–Eso es ridículo –se rio Luc–. Lo primero que haré será cambiar esa ley. ¿Y si mi hijo no quiere casarse? ¿Quién dice que hay que estar casado antes de los treinta y cinco?

Kate sonrió.

–Eso fue justo lo que dijiste antes de caerte. Estabas empeñado en reformar esa ley.

Luc le sostuvo la mirada durante un instante, pero antes de que ella pudiera seguir, le dijo:

–Anoche tuve un sueño. Era muy real. Sé que era un recuerdo, pero no puedo ubicarlo.

A Kate le empezó a latir con más fuerza el corazón dentro del pecho. ¿Habría terminado su tiempo juntos? ¿La fantasía en la que estaban viviendo iba a detenerse en seco?

–¿Qué soñaste? –le preguntó agarrándose los brazos.

–Soñé que estabas embarazada. Esa imagen me ha pasado por la cabeza más de una vez –Luc clavó los ojos en los suyos–. ¿Por qué sueño eso, Kate?

–¿Me viste a mí en el sueño? –preguntó ella, consciente de que estaba pisando terreno peligroso.

Luc sacudió la cabeza.

–No. Tenía las manos puestas en tu vientre y estaba feliz. Nervioso pero emocionado.

–Nunca he estado embarazada –afirmó Kate con dulzura–. A lo mejor solo estabas adelantándote.

Kate apartó la vista, incapaz de seguir mirándole a los ojos y verle luchar contra la situación. ¿Por qué no podía ser real aquello? Luc le había dicho más de una vez que la amaba, pero seguramente porque pensaba que era lo que debía decir. Pero, ¿y si estuviera hablando con el corazón? ¿Y si la caída hubiera hecho salir sus auténticos sentimientos? Pero aunque tuviera alguna oportunidad con el hombre del que se había enamorado, le había mentido y engañado. Nunca la perdonaría.

Solo quería vivir el momento, pasar una noche más con él. Estaba siendo egoísta, sí, pero no podía dejarle ir aún cuando todo era tan bonito y perfecto.

–¿Quieres tener hijos? –le preguntó Luc–. Supongo que ya hemos hablado de esto antes.

Kate se apartó del quicio de la puerta y se pasó la mano por el pelo.

–Sí, quiero tener hijos. Mi sueño siempre ha sido tener un marido que me quiera y una casa llena de niños.

Luc esbozó una sonrisa sexy.

–Tendremos los hijos más guapos del mundo.

Oh, cuánto deseaba creerle cuando le decía cosas. Sin embargo, Luc estaba atrapado en la red de mentiras que ella había creado sin querer. Su intención siempre había sido buena. Confiaba en que Luc se diera cuenta de ello cuando todo saliera a la luz.

–Creo que cualquier niño que lleve los genes Silva

será guapo –afirmó–. Aunque tú eres hijo único, tu padre ha estado siempre acompañado de bellezas exóticas. Y tu madre también es un bellezón.

Luc apartó la sábana y se puso de pie. Cruzó el suelo portando únicamente un tatuaje y una sonrisa y mantuvo la mirada fija en ella.

–Me encantaría hacer esos bebés, pero creo que primero debo hacer algo que me ayude a recuperar cuanto antes la memoria.

Kate hizo un esfuerzo por levantar la vista. Pero solo llegó a la altura del pecho.

–¿De qué se trata?

–Tal vez deberíamos trabajar en esa agenda que mencionaste –afirmó sonriendo todavía más–. Antes de que nos distraigamos por estar desnudos.

Kate se rio.

–Sí. Trabajo. En eso es en lo que debemos centrarnos. Iré a buscar mi ordenador portátil –le dijo–. Te he escrito un discurso y me gustaría que le echaras un vistazo.

Luc le pasó un brazo por la cintura cuando se iba a marchar.

–¿Me escribes los discursos?

–Lo hago desde el año pasado.

Luc le deslizó la mirada por el rostro y los labios antes de volver a mirarla a los ojos.

–Eres perfecta para mí.

Kate tragó saliva.

–Será mejor que te pongas algo. No puedes trabajar como Dios te trajo al mundo.

La risa de Luc la siguió cuando salió de la habitación, mofándose de ella. No era perfecta para él. Quería serlo. Con toda su alma. Le entregaría todo, pero su romance de ensueño estaba a punto de llegar a su fin. Cada día recuperaba algún recuerdo nuevo. El tiempo no estaba de parte de Kate.

Tal vez Luc empezara a encajar más piezas al centrarse en el trabajo. Tal vez entonces ella no tendría que preocuparse de decir nada. La verdad era que no sabía qué era peor, decirle la verdad o dejar que la averiguara por sí mismo.

¿Era una cobarde por no querer decírselo? Totalmente. No solo no quería ver el dolor y probablemente el odio que reflejaría su mirada, sino que no quería enfrentarse a ello. No habría palabras que decir, no habría una manera buena de decirle que llevaba varios días viviendo una completa mentira.

En cualquier caso, el resultado sería el mismo independientemente del modo en que Luc se enterara. Estaría disgustado con ella. De pronto, perder el trabajo o incluso que lo perdieran sus padres ya no era el problema principal. Ahora no podía imaginarse ya la vida sin Luc.

Y lo que estaba pasando la hacía sentir estúpida, egoísta y desesperada.

¿Cuándo se había convertido en una mujer así? Porque Kate no era ahora mejor que la mentirosa y maquinadora de su ex.

Luc miró detrás de Kate, que estaba sentada en una silla del patio con el ordenador portátil sobre la mesa de mosaico. Habían optado por trabajar fuera para disfrutar del sol y de la suave brisa marina.

Luc apoyó las manos en el respaldo de la silla y se inclinó hacia delante para leer la pantalla, pero le resultó imposible concentrarse. El aroma a flores de Kate llegaba hasta él con cada ráfaga de brisa.

–Puedo mover estos compromisos –le dijo Kate señalando dos rayas verdes–. No son tan urgentes.

–Muy bien. Sabes de esto más que yo –le dijo él.

Kate se giró un poco y le miró de reojo.

–Yo sé organizar, pero esto es tu vida, Luc. Ayúdame un poco. Puedo añadir tiempo o quitarlo. Normalmente, cuando no quieres permanecer mucho tiempo en un evento, me invento una excusa para reducirlo.

–¿De verdad? –preguntó Luc alzando las cejas.

–Claro. ¿De qué otro modo podrías escapar y seguir pareciendo un príncipe encantador? –se rio.

–Vaya, está claro que lo haces todo por mí –Luc suspiró y estiró la espalda–. Lo que tienes me parece bien. Llevas un año haciendo esto, así que está claro que sabes de lo que hablas.

Kate se dio la vuelta por completo en la silla y entornó la mirada.

–Ese es el Luc con el que yo solía trabajar. Nunca querías ayudarme con la agente. Siempre confiabas en que yo lo hiciera bien.

Otra imagen de Kate vestida de traje, esta vez negro, le cruzó por la mente. A su lado estaba una mujer de pelo negro. Luc cerró los ojos para retener aquella imagen, necesitaba saber quién era aquella mujer.

Alana.

La imagen se fue tan deprisa como había aparecido, pero ahora tenía un nombre.

–¿Luc?

Abrió los ojos y se encontró con la mirada de preocupación de Kate. Se había puesto de pie y estaba delante de él.

–¿Quién es Alana? –le preguntó Luc.

Kate retrocedió como si le hubiera dado una bofetada.

–¿La recuerdas?

–He tenido un recuerdo de vosotras dos hablando, pero no sabría decir de qué. Es como una maldita película que se reproduce en mi cabeza pero sin sonido.

Luc se pasó la mano por la cara antes de volver a mirarla a los ojos.

–¿Quién es ella? –repitió.

–Una mujer con la que salías.

Luc trató de recordar más, pero no le vino nada a la mente. Solo que el nombre de aquella mujer despertaba sensaciones de dolores y de rabia en su interior.

–¿Íbamos en serio? –preguntó.

Kate se cruzó de brazos y asintió.

–Sí.

Estaba cumpliendo la orden del médico de no darle más información de la que preguntara. Luc cruzó el patio, se detuvo al borde de la enorme piscina y miró hacia el mar. Tenía el mundo a su espalda, y lamentó no poder hacer lo mismo con sus problemas.

Alana Ferella. El nombre surgió en su cabeza con facilidad mientras veía romper las olas en la orilla. Pero el corazón se le endureció. ¿Qué clase de relación habían tenido? Estaba claro que no muy buena, en caso contrario seguirían juntos. Algo parecido a la rabia se apoderó de él. No había sido una buena mujer, eso lo tenía claro. No quería seguir preguntándole a Kate por su exnovia, y de todas maneras, seguro que Alana no era importante. Solo lamentaba no recordar más cosas sobre Kate y sobre los planes que habían hecho juntos.

–¿Vamos a casarnos pronto? –preguntó girándose para mirarla.

Ella parpadeó un par de veces, como si la pregunta le sorprendiera.

–No hemos puesto fecha todavía –afirmó.

Aquello era extraño. Una vez anunciado el compromiso, ¿no sería lo correcto por protocolo fijar una fecha?

–¿Por qué no? –quiso saber–. Con mi cumpleaños acercándose, el trono en juego y formando parte de una familia real, me extraña que no tengamos fecha.

Kate se mordió el labio inferior y se encogió de hombros.

–Podemos comentar esos detalles dentro de un rato, pero antes, ¿podremos ultimar primero la agenda? Luego me gustaría hacer algunas llamadas si funciona el servicio telefónico para confirmar tu visita. También necesito que mi padre lo sepa para organizar la seguridad.

Estaba evitando la pregunta por alguna razón. ¿No quería hablar por su pérdida de memorias o había algo más? La propia Kate había admitido que discutieron antes de la caída. ¿Estaban discutiendo por la boda? ¿O por qué? Maldición.

Luc dio una fuerte palmada a la mesa, soltó una palabrota y luego apretó los puños.

Kate dio un respingo y un paso adelante, pero Luc alzó la mano.

–No –ordenó–. No digas nada. No hay nada que

puedas hacer a menos que quieras contármelo todo, y eso va contra las órdenes del médico.

La expresión dolida de Kate le llevó a decir otra palabrota. Era tan víctima como él.

–No quería pagarla contigo, Kate.

Ella sacudió la cabeza y agitó una mano.

–No pasa nada.

–Sí, sí pasa –Luc salvó la distancia que los separaba y la estrechó entre sus brazos–. Has estado aquí para mí, has hecho mucho por mí y yo descargo mi rabia y frustración en ti cuando solo intentas protegerme.

Kate le rodeó la cintura con los brazos.

–Puedo manejarlo, Luc. Además, en parte es culpa mía que estés en esta posición. Si no hubiéramos discutido, si no te hubieras enfadado tanto como para bajar al muelle húmedo, nada de esto habría sucedido.

Luc se echó hacia atrás.

–Nada de esto es culpa tuya. Al menos hay piezas de mi vida que empiezan a revelarse, y estoy seguro de que dentro de poco podré completar el puzle.

Kate había sacrificado mucho por él. Pero todavía no le había oído decir que le amaba. La miró a los ojos.

–¿Por qué te vas a casar conmigo? –le preguntó acariciándole la barbilla.

Ella se puso tensa y abrió los ojos de par en par.

–¿Qué quieres decir?

–¿Me amas? –le preguntó echando la cabeza hacia atrás para poder mirarla a los ojos.

Los ojos de Kate se llenaron al instante de lágrimas. Alzó las manos y le enmarcó el rostro.

–Más de lo que tú nunca sabrás –susurró.

Luc experimentó una gran sensación de alivio. No

sabía por qué, pero le resultaba imperativo conocer sus auténticos sentimientos.

–Quiero hacer algo por ti –Kate le puso los labios suavemente en los suyos–. Esta noche te voy a preparar tu cena favorita. Vamos a tener una velada romántica y no hablaremos de la amnesia, la boda ni el trabajo. Esta noche se trata solo de Kate y de Luc.

¿Acaso no era ese el sentido de aquella escapada? Kate les había vuelto a colocar de manera inteligente en el sentido del viaje. Seguramente aquella era una de las muchas razones por las que se había enamorado de ella. Le mantenía con los pies en la tierra, en rumbo.

La atrajo hacia sí y la besó en el cuello.

–Entonces, espero un gran postre –le susurró al oído.

Capítulo Once

Tenía que decírselo. No podía postergarlo más. No podía seguir soportando la angustia, la rabia que crecía dentro de Luc. Daba igual lo que hubiera dicho el médico, tenía que ser clara porque el enfado de Luc no podía ser menos dañino que saber la verdad.

Y la verdad que se ocultaba detrás de tanto lío era que ella le amaba. No le había mentido cuando se lo preguntó. Kate se había enamorado completamente de Luc y ya no era aceptable seguir manteniendo aquel secreto ni un solo día más.

Se puso un vestido verde de tirantes y las sandalias doradas. Se recogió el pelo en lo alto de la cabeza y unos pendientes de oro y amatista.

Cuando se miró la mano se le encogió el corazón. Luc le había regalado un anillo. Llevaba el anillo del hombre al que amaba, y sin embargo él no sabía quién era ella realmente.

En aquel punto ella tampoco se reconocía a sí misma. Nunca había sido mentirosa ni manipuladora. Y sin embargo allí estaba, haciendo ambas cosas.

Aunque las puertas del patio estaban abiertas, la casa olía al pescado y las verduras que se estaban cocinando en el horno. Daba igual cómo terminara la velada, Kate quería un último momento perfecto con Luc.

Su madre se sentiría aliviada al saber que Kate iba a

decir por fin la verdad. ¿Qué dirían los padres de Luc? ¿Insistirían en que la despidiera? ¿Echaría también a sus padres?

Daban igual las consecuencias, Kate tenía que hacer lo correcto.

Se dirigió a la cocina para comprobar cómo iba la cena. Cuando miró hacia el mar, se dio cuenta de que el cielo comenzaba a oscurecerse. Se preveía otra tormenta. Qué oportuno. Toda aquella pesadilla había empezado con una tormenta. Por primera vez en su vida, no estaba deseando que se desatara aquella fuerza de la naturaleza.

Luc estaba en el patio con el móvil. Kate no sabía con quién hablaba, pero fuera quien fuera, la conversación quedaría pronto interrumpida por las inclemencias del tiempo.

Kate tenía un nudo de nervios en la boca del estómago. Lo que más deseaba era volver atrás en el tiempo y cambiar la noche de la caída de Luc. En primer lugar, no discutiría con él. Si no quería ir a visitar el orfanato, de acuerdo. Se había estado dando cabezazos contra aquel muro durante casi un año y él nunca había cedido. ¿Por qué daba por hecho que de pronto tenía un gran corazón?

Luc parecía haber olvidado lo frío que solía ser. Kate deseó de corazón que este Luc, con el que había pasado los últimos días, el que le había hecho el amor como si de verdad la amara, fuera el Luc que emergiera cuando se asentara todo aquel polvo.

La preocupación que la carcomía no le permitiría ser fuerte cuando más lo necesitaba. Todo lo que Luc le reprochara estaría justificado, y en aquel momento solo necesitaba encontrar la mejor manera de decir la verdad, porque no quería hacerle más daño del necesario.

Tras comprobar cómo iba la cena, sacó el recipiente del horno. Entonces llamó a Luc, pero seguía hablando por teléfono. La luz parpadeó cuando resonaron los truenos fuera. Kate buscó a toda prisa unas velas, porque estaba claro que se iban a quedar sin luz. Perfecto. Parecía que la madre naturaleza estaba de su parte. Con la luz apagada no tendría que ver el odio en el rostro de Luc cuando le dijera que todo lo que creía saber sobre ella, sobre ellos, era mentira.

—Cariño, ¿has oído lo que te he dicho?

Luc se concentró en la voz de su madre, en las palabras que estaba diciendo, pero había algo que seguía sin encajar.

—Me has dicho que Alana se ha puesto en contacto contigo porque quiere verme —repitió lentamente tratando de procesar la información.

Kate le había dicho que Alana era su ex, pero, ¿por qué querría verle si él estaba prometido a Kate?

—Sí —le confirmó su madre—. Me ha llamado dos veces y está empeñada en verte. No voy a meter las narices en esto, puedes contestarle lo que quieras, pero creo que no es una buena idea.

Luc clavó la vista en el horizonte naranja. Sentía que le iba a estallar la cabeza, era como si los recuerdos trataran de salir todos a la vez a la superficie.

—¿Por qué se ha puesto en contacto contigo? —preguntó con la mano en la barandilla—. Alana es mi pasado.

–Entonces, ¿la recuerdas? Bien. Así no necesitas que te diga lo ridícula que resulta la idea de que vuelva a nuestras vidas después del escándalo del bebé.

Su madre siguió hablando, pero Luc solo se había quedado con la palabra «bebé».

Se frotó la frente. La imagen de un anillo de diamantes, de Alana envuelta en lágrimas diciendo algo de un embarazo…

–Pensar que podría obligarte a casarte con ella diciendo que estaba embarazada era absurdo –continuó su madre, ajena a su torbellino interior–. Ha sido el momento perfecto para que compraras esa casa en la que poder esconderte. Alana no tiene ni idea de dónde estás.

¿El momento perfecto?

Luc se giró y miró a través de las puertas abiertas. Más allá del salón se encontraba la cocina, donde estaba Kate preparando la cena. Se dio cuenta de todo al instante. La expresión de su madre «el momento perfecto» le había despertado una avalancha de recuerdos.

Kate era su asistente. De eso no le cabía duda, pero no estaban prometidos. Solo eran jefe y empleada, y hasta allí había llegado su relación… hasta hacía unos días.

Sintió ganas de vomitar y se agarró con más fuerza a la barandilla. Necesitaba apoyarse en algo.

–Alana no tiene sitio en esta familia, Lucas.

Luc tragó saliva y mantuvo la mirada clavada en Kate. Estaba claro que dos mujeres habían jugado con él, dos mujeres en las que había confiado y con las que había intimado.

No era de extrañar que Kate se mostrara siempre

tan reacia a dejarla indagar en su pasado. El silencio de Kate probablemente tenía poco que ver con las advertencias del médico y mucho con sus propios planes.

¿Cómo podía haber estado tan ciego? ¿Cómo era posible que ella se hubiera aprovechado de su vulnerabilidad de aquel modo? No era una mujer manipuladora, al menos no la Kate que él conocía. ¿Qué había cambiado? ¿Por qué había creído necesario mentirle a la cara, seguir con aquella farsa del compromiso?

Luc cerró los ojos y apretó los dientes.

–Luego te llamo, mamá. La conexión no va muy bien por la tormenta.

La llamada se cortó antes de que pudiera despedirse. Iba a ser una tormenta muy fuerte, y no se refería solo a la meteorológica.

Luc se guardó el teléfono en el bolsillo, dejó caer la cabeza y trató con todas sus fuerzas de olvidar las imágenes, las emociones que acompañaban al hecho de que se había acostado con Kate. Había tenido relaciones sexuales con su asistente. Había creído estar enamorado de ella, que se iban a casar, que se convertiría en reina.

Ella sabía muy bien que Luc no cruzaba los límites de las relaciones profesionales. Se lo había dejado muy claro un año atrás, cuando su atracción salió a la superficie y optó por cortarla de raíz. Kate lo sabía todo de él y lo había utilizado en su beneficio. Sabía lo de la auténtica prometida, lo del falso embarazo, e incluso cuando le comentó que había tenido visiones relacionadas con un bebé, ella no dijo nada.

¿Hasta dónde había estado dispuesta a dejar seguir la farsa? ¿Cuánto tiempo pensaba seguir mintiéndole?

Le había dicho que le amaba. A Luc se le encogió el corazón. El amor no tenía cabida en aquella amalgama de mentiras y engaños. Alzó la vista y su mirada se cruzó con la de ella en el espacio abierto. Kate sonrió, una sonrisa en la que Luc confiaba en el pasado, y no sintió nada más que aversión.

Sabía perfectamente lo que tenía que hacer.

Kate se preocupó al ver que no le devolvía la sonrisa. Volvió a preguntarse con quién había estado hablando por teléfono. Algo a alguien le había molestado.

Bueno, fuera lo que fuera no podía permitir que a ella le frenara. No podía seguir poniendo excusas para no mantener aquella conversación.

–La cena está lista –gritó dejando los platos sobre la mesa vieja y arañada.

Kate miró las flores que había comprado el otro día en el mercadillo del pueblo. Luc y ella habían compartido muchos recuerdos maravillosos en un breve espacio de tiempo, pero no podía disfrutar de ellos porque estaban construidos sobre las mentiras que ella había creado con la excusa de que era por su bien. No, lo que le convenía a Luc era saber exactamente qué estaba pasando en su vida.

Kate sintió una punzada de nervios. Se atusó el bajo del vestido y aspiró con fuerza el aire mientras esperaba al lado de la silla a que él entrara. Luc cruzó las puertas del patio, las cerró, dejó el móvil en la mesita y se acercó a ella.

–Huele de maravilla –le dijo ofreciéndole una gran sonrisa.

Cuando se inclinó para besarla en la mejilla, Kate cerró los ojos durante un breve instante. Deseaba con todas sus fuerzas que cada escena que estaban interpretando fuera real. Deseó que Luc la mirara siempre como si la amara, como si quisiera pasar el resto de su vida con ella.

–Me ha llamado mi mádre –le dijo él tras un largo silencio–. Me ha preguntado qué tal iba todo.

Kate movió el pescado alrededor del plato. Estaba demasiado nerviosa para poder comer.

–Seguro que está muy preocupada por ti.

–Le importo. Doy por hecho que a cualquiera que le importe estará preocupado.

Kate le miró a los ojos y sintió un nudo en la garganta.

–Sí. Hay mucha gente que te quiere.

–¿Y tú, Kate? –Luc le sostuvo la mirada–. ¿Tú me quieres?

Kate dejó el tenedor en la mesa y extendió la mano para apretarle la suya.

–Siento muchas cosas por ti, Luc.

Al ver que él no decía nada, siguieron comiendo y luego recogieron los platos y los dejaron en la encimera.

–Déjalo –le pidió Luc tomándola de la mano–. Ven conmigo.

Cuando la llevó al dormitorio, a Kate empezó a latirle con fuerza el corazón dentro del pecho. No podía dejar que empezara a besarla, a desvestirla o a tocarla, porque se derretiría al instante y no sería capaz de seguir adelante con el plan de contarlo todo.

Entró en la habitación tras él. La cama parecía mofarse de ella. No volvería a estar allí tumbada con él.

No tendría que haberlo estado nunca.

–Luc –apartó la mano de la suya–. No podemos.

Él se giró y alzó una ceja.

–¿Qué no podemos?

Kate sacudió la cabeza y apartó la mirada. No podía mirarle a los ojos. No quería ver su rostro cuando le revelara la verdad.

–¿No podemos hacer el amor? –Luc se le acercó más y le puso las manos en los hombros–. ¿O no puedes seguir interpretando el papel de prometida entregada? Porque tengo que decirte que has hecho un gran trabajo mintiéndome en toda la cara.

Kate alzó la mirada y se encontró con sus ojos fríos y duros. Se quedó sin respiración y el miedo le atenazó el corazón.

–Al parecer, mi auténtica prometida ha estado intentando ponerse en contacto conmigo –continuó él dejando caer las manos y apartándose como si no pudiera soportar seguir tocándola–. Después de escuchar lo que me ha dicho mi madre las piezas empezaron a encajar en su sitio.

Kate se rodeó la cintura con los brazos.

–¿Te acuerdas de todo?

–Sé que eres mi asistente y que me has mentido y manipulado para meterte en mi cama –Luc se rio burlón–. Ahora ya sé por qué nunca nos habíamos acostado antes.

El dolor de su voz le partió el corazón por la mitad. Las palabras se le quedaron en la garganta. Cualquier defensa que pudiera hacer resultaba irrelevante en aquel momento.

–¿Hasta dónde habrías llegado, Kate? ¿Habrías

avanzado hasta el altar fingiendo que me amarías eternamente?

Sí, le amaba. Había escogido el peor modo de demostrárselo, pero le amaba. Kate apretó los labios y permaneció en silencio, esperando la continuación de su castigo.

–¿Habrías llegado tan lejos como para tener hijos conmigo?

Luc dio un paso adelante. Tenía derecho a descargarse con ella y lo aceptaría. Se abrazó a sí misma con más fuerza y miró hacia las puertas de cristal.

–Mírame –le exigió Luc–. No te vas a librar de esto. Tú lo empezaste y vas a enfrentarte a la realidad y a darme las respuestas que quiero. ¿No vas a decir nada?

Kate sacudió la cabeza.

–Nada de lo que diga cambiará el hecho de que te he mentido, y no creerás lo que pueda decirte en mi defensa.

Luc levantó los brazos.

–¿Qué motivación tenías, Kate? ¿Creías que me enamoraría de ti?

–No –susurró ella con las lágrimas atenazándole la garganta–. Lo último que quería era hacerte daño.

–Oh, no me has hecho daño –respondió Luc con la cara roja–. Alguien a quien no amo no puede hacerme daño. Lo que me pone furioso es haber confiado en ti.

Kate asintió.

–Cuando hicimos el amor…

–No hicimos el amor –le espetó él. Se acercó un poco más–. Tuvimos sexo. Sexo sin importancia, algo que no tendría que haber pasado nunca.

Kate le miró a los ojos con las esperanza de encontrar un atisbo de la emoción que había visto durante los días que pasaron juntos. Pero lo único que vio fue odio. El viejo Luc había regresado y era más seco que nunca.

–Llamaré a alguien para que venga a recogerme –le dijo–. Estaré en la cabaña hasta entonces.

Kate salió de la habitación. No quería llorar delante de él, no quería que Luc pensara que utilizaba las lágrimas a modo de defensa.

Salió al patio y se miró el anillo que tenía en el dedo. Se escuchó un trueno, un relámpago iluminó el cielo y unas gotas gruesas comenzaron a caer.

–Kate –la llamó Luc desde atrás–. ¿Qué diablos haces ahí quieta en medio de la tormenta?

Ella se giró y parpadeó para quitarse las gotas de los ojos. No sabía si eran lluvia o lágrimas.

–¿Te importa? –le preguntó.

–Estoy enfadado, pero no quiero ver a nadie partido por un rayo. Entra.

Kate cruzó despacio el patio mojado abrazándose el vientre. Se rozó brevemente con Luc al entrar.

–Yo…

–Estaré en mi habitación –la atajó él alzando la mano–. Puedes quedarte aquí hasta que pase la tormenta, nada más.

Luc se acercó a la mesa del comedor, agarró una vela y se marchó, dejándola temblando en la oscuridad del salón.

Lo que habían tenido, ya fuera su relación personal o aquel compromiso falso, ella lo había estropeado. Había tomado lo que no era suyo y no tenía más remedio que vivir con las consecuencias.

Capítulo Doce

Luc debía de estar loco. Era la única explicación que encontraba para cruzar el camino que separaba la casa principal de la cabaña a primera hora de la mañana. No había dormido en toda la noche. Todos los momentos vividos desde la caída se le repetían en la mente como una película.

La rigidez de Kate cuando la tocó la primera vez, su renuencia a hacer el amor con él. Las señales estaban ahí, pero él dio por hecho que era su prometida y Kate nunca le dijo lo contrario. Ahora que había tenido tiempo para pensar, procesó lo profundamente que le había herido su traición. Quería respuestas, y no estaba dispuesto a esperar un segundo más para averiguar en qué diablos pensaba para creer que podría salirse con la suya con semejante mentira.

Cuando salió a un claro lleno de plantas tropicales miró hacia el muelle. Se quedó paralizado al ver a Kate allí de pie con dos maletas a los pies. No iba a marcharse sin decirle por qué diablos le había hecho algo semejante. No escaparía tan fácilmente.

Luc se acercó a los escalones que daban a la playa sin saber qué iba a decirle. Supuso que cuando abriera la boca las palabras le saldrían a borbotones.

Kate se dio la vuelta cuando le vio acercarse. Las ojeras y los ojos rojos indicaban que había dormido tan mal como él. Por desgracia, su habitación estaba llena de visiones de Kate: la ducha, la cama, sus chanclas al lado del armario, el albornoz colgado. Ella estaba por todas partes.

Kate había controlado por completo la situación, ahora Luc tenía que encontrar la manera de salir de su hechizo, porque incluso al verla ahora, con toda la rabia que tenía, su cuerpo respondía a ella.

¿Cómo era posible que todavía la deseara?

Kate abrió mucho los ojos cuando él se detuvo a escasos centímetros.

–Estoy esperando a que venga el barco. Mi padre ha enviado a uno de los guardias a recogerme.

–¿Por qué? –preguntó Luc apretando los puños–. Antes de irte dime por qué me mentiste.

Se le habían escapado unos mechones largos y oscuros del moño y le revoloteaban alrededor de los hombros. Llevaba uno de aquellos vestidos veraniegos que tanto le gustaban, esta vez negro.

–En un principio me sorprendió que pensaras que era tu prometida –le dijo colocándose un mechón rebelde detrás de la oreja–. Luego quise saber qué opinaba el médico antes de decirte nada. Me dijo que no te diera ninguna información, y eso hice. No quería mentirte, Luc. Traté de mantener las distancias, pero cuando tuvimos relaciones sexuales quise más. Tomé lo que no tendría que haber tomado. Nada de lo que diga podrá cambiar eso, pero siento haberte hecho daño.

Luc se puso en jarras esperando que le dijera algo más, pero Kate guardó silencio.

–Tiene que haber otra razón, un motivo más profundo que te da miedo decirme.

Kate apartó la mirada, se giró y volvió a mirar al mar.

–Mis razones son irrelevantes.

Luc maldijo entre dientes.

–¿Qué intentabas conseguir? –inquirió–. Te estoy dando la oportunidad de explicarte, Kate. Dime por qué no debería despedirte, por qué no debería sacarte de mi vida.

El sonido de un motor captó su atención y miró hacia el yate real, que se acercaba hacia ellos. Kate no dijo nada, se limitó a agarrar las maletas.

Si no quería hablar con él ahora, de acuerdo. Pero no había terminado todavía con ella.

–Vuelve al palacio –le dijo–. Yo volveré a casa dentro de unos días y nos pondremos a trabajar con la agenda que dejamos a medias el otro día.

Kate le miró de reojo.

–¿Qué?

Luc la rodeó y le tapo la visión del barco que se acercaba. Esperó a que le mirara a los ojos.

–No vas a dejar el trabajo. Vas a quedarte conmigo hasta que sepa cuál es tu juego.

Ella alzó la barbilla con gesto desafiante.

–Creo que será mejor que renuncie.

Luc la agarró de los hombros y se maldijo a sí mismo por sentir debilidad por ella a pesar de todo lo que había hecho.

–No me importa lo que tú creas que es mejor. Eres mía hasta que yo diga lo contrario. Tú empezaste este juego, Kate, y lo vas a jugar hasta el final.

Se apartó de ella y se dirigió a buen paso a la casa principal sin mirar ni una sola vez atrás.

Luc miró la zona que antes era la cocina. Si no fuera miembro de la realeza podría plantearse trabajar con un contratista. Demoler cosas era una excelente salida para su rabia.

Se secó la frente con el antebrazo, se dejó caer en una de las sillas del comedor y observó su destrucción. Los armaritos estaban destrozados, la encimera yacía bajo los escombros. Había sacado un poco la nevera para poder sacar comida de ella, pero aparte de eso, había demolido por completo el espacio.

Hacía una semana que se había marchado Kate. Habían pasado dos desde que llegó a la isla y al día siguiente volvía a casa. En los últimos siete días solo había tenido tiempo de sobra para reflexionar sobre todo, y sin embargo seguía sin saber qué iba a hacer cuando volviera a verla.

Había tenido que dormir en la habitación de invitados sobre un colchón viejo porque no podía estar tumbado en el dormitorio principal sin olerla, verla, sentirla a su lado. La ducha que tanto le gustaba estaba ahora contaminada, porque solo veía el cuerpo mojado de Kate mientras él la hacía suya bajo la falsa idea de que eran una pareja.

Le sonó el móvil. Cruzó la habitación abierta y miró la pantalla del teléfono. Era Mikos, su mejor amigo. Le había llamado tres días atrás para contarle sus penas y desahogarse como una colegiala, así que supuso que su amigo le llamaba para ver cómo estaba.

–Hola –contestó con un suspiro.

–Suenas fatal.

Luc se rio y se dejó caer en el sofá.

–Sí, bueno, no me encuentro muy bien. ¿Qué tal todo? ¿No deberías estar planeando la boda del siglo? –preguntó Luc sintiendo una punzada de envidia.

¿Envidia? ¿Por qué diablos sentía envidia? Sí, necesitaba casarse para subir al trono, pero no quería estar atado a una mujer. No, Mikos había encontrado a la mujer perfecta para él, y Luc se alegraba por los dos.

No había una mujer perfecta para Luc. Lo había comprobado al estar tan cerca de dos mentirosas muy convincentes.

–La boda está planeada hasta el último detalle –afirmó Mikos–. Vas a venir, ¿verdad?

Se suponía que Luc iba a ser uno de los padrinos de Mikos junto con su hermano Stefan. Un honor que la puñalada de Kate no le iba a arrebatar.

–Por supuesto. No doy a dejar que mi desgracia te arruine el día.

–¿Has hablado con Kate?

Luc cerró los ojos. Escuchar su nombre le provocaba una mezcla de sentimientos. Más allá del dolor, la rabia y la amargura estaba el hecho de que seguía deseándola locamente.

–No, mañana vuelvo a casa –respondió Luc–. Pero no tengo ni idea de qué voy a hacer.

Mikos suspiró.

–¿Quieres un consejo, amigo? Averigua por qué mintió. Una vez me dijiste que sentías algo por ella. Tal vez Kate actuó siguiendo sus propios sentimientos y al hilo de los que tú tenías antes del accidente.

–¿Estás defendiendo lo que ha hecho?

–Diablos, no. Lo único que digo es que el amor es una emoción muy poderosa.

–Estás cegado por esta boda –respondió Luc–. Kate no me ama. No mientes ni manipulas a los que amas.

–Yo lo hice con Darcy –le recordó Mikos–. Ella no tenía ni idea de quién era yo, y yo estaba totalmente enamorado de ella. Estuve a punto de perderla, pero me perdonó. Ya sabes cómo se pueden liar las cosas.

Luc recordó el momento en el que Mikos contrató a la niñera. No tenía ni idea de que Mikos fuera un príncipe viudo. Los dos se habían enamorado antes de que él pudiera contarle toda la verdad.

–Nuestras situaciones con completamente distintas –murmuró Luc–. Yo no voy a perdonarla.

–Solo asegúrate de pensarlo bien antes de lanzarte sobre ella cuando vuelvas a casa –le aconsejó Mikos–. Lo que hizo estuvo mal, de eso no cabe duda. Pero Kate no es como Alana. Ella tenía un motivo oculto desde el principio. Hace años que conoces a Kate y nunca te había engañado.

Luc colgó, no era capaz de pensar en nada más que en la verdad que Mikos le había puesto delante. No, Kate nunca le había engañado con anterioridad. Había sido la mejor asistente del mundo.

Cuando volviera a Ilha Beleza, Kate y él hablarían ahora que ambos habían tenido tiempo de asimilar todo lo que había pasado. Necesitaban hablar. No podía seguir contando con ella si no le tenía confianza.

Desgraciadamente, en su vida personal no confiaba lo más mínimo en ella. Aunque eso no le impedía desearla. ¿Qué diablos iba a pasar cuando volviera a casa? ¿Sería capaz de controlarse?

Capítulo Trece

El escritorio estaba exactamente como siempre lo tenía: limpio y organizado, con la agenda en una copia encuadernada, como a él le gustaba. Sabía que en el ordenador tendría correos con la misma información.

Kate había cumplido con su parte del trato y seguía trabajando como si no hubiera hecho pedazos su vida. Luc no sabía si sentirse aliviado o molesto de que siguiera todavía allí, al alcance de la mano... aunque él no iba a alcanzarla. Tenía demasiado orgullo como para eso.

Luc pasó las hojas, aunque ya había visto antes los correos y sabía lo que tenía por delante. Faltaban solo dos semanas para la boda de Mikos, y aparte de eso solo había unas cuantas reuniones y eventos sociales en los que se esperaba su aparición. Afortunadamente, Kate había evitado las entrevistas con la prensa durante los próximos meses. Eso se lo agradecía, pero no tanto como para decírselo.

—¡Cariño, has vuelto!

Luc miró hacia la puerta, por la que estaba entrando su madre. La mujer poseía más elegancia y estilo que nadie que él hubiera conocido. Era la reina perfecta, pero su reinado estaba a punto de acabar. Bueno, lo estaría si Luc conseguía encontrar la manera de asegurar el título antes de su cumpleaños sin tener que casarse.

Cruzó la habitación para darle un abrazo. Aunque siempre había estado muy unido a sus padres, no tenía ganas de hablar de lo que estaba pasando.

–¿Cómo estás? –le preguntó su madre apartándose para mirarlo–. ¿No tienes más síntomas? ¿Te acuerdas de todo ya?

Luc asintió.

–Estoy perfectamente.

Ella lo abrazó y luego rompió el contacto.

–Tenemos que hablar.

Luc se cruzó de brazos mientras su madre cerraba las puertas para que tuvieran completa intimidad.

–¿Has visto a Kate desde que volviste? –le preguntó ella.

Luc negó con la cabeza.

–No.

–Cariño, me contó lo que pasó –su madre le tomó la mano y se la apretó–. Estoy segura de que se reservó algunos detalles, pero sé que creías que ella era tu prometida y que te siguió el juego.

Luc apretó los dientes.

–Ojalá me lo hubieras contado tú –continuó ella–. No puedo ni imaginar lo enfadado que estarías, y sé que te sentiste traicionado…

–No la defiendas –gruñó Luc.

–No voy a defender lo que hizo –su madre sonrió y ladeó la cabeza–. Solo quiero que pienses bien cómo vas a manejar esta situación. Kate es una mujer maravillosa y siempre le he tenido cariño. Sé que tenemos una norma que nos obliga a mantener las distancias con los empleados, pero sus padres y ella llevan tanto tiempo con nosotros que son como de la familia.

Lo que Luc sentía por Kate no tenía nada que ver con la familia, y lo que sucedió en aquella ducha, menos.

–Tengo que admitir que me sorprende que no la despidieras –añadió su madre–. Es buena para ti, Luc. Es la mejor asistente que has tenido nunca. Me alegro de que no la echaras.

–Estuve tentado –reconoció él–. Sigo sin saber qué voy a hacer, pero por ahora va a trabajar conmigo como siempre. No tengo tiempo ni ganas de ponerme a buscar una nueva asistente.

–Tenemos que saber qué vamos a hacer con tu cumpleaños –su madre apretó los labios–. Tu padre cambiaría la ley si pudiera, pero lo cierto es que nunca pensamos…

Luc se rio sin ganas.

–Lo sé. Nunca pensasteis que un hijo vuestro seguiría soltero a los treinta y cinco. Puedes decirlo.

Su madre le apretó el brazo.

–Ya se nos ocurrirá algo.

Luc asintió. No podía hablar porque se le había formado un nudo en la garganta. No podía fallar. Él era el siguiente escalón, por decirlo de alguna manera.

–Dejaré que te instales –su madre se acercó más a él y le dio un beso en la mejilla–. Me alegro de que hayas vuelto a casa y estés bien. Y me alegro de que no hayas despedido a Kate. Significa más para esta familia de lo que tú crees.

¿Qué quería decir aquello? ¿Acaso pensaba su madre que Kate y él…?

No, aquello era ridículo. No podía ni pensar en la idea de que Kate formara parte de su vida de otro modo que no fuera como su asistente. Y ni siquiera eso estaba del todo claro. Ya se preocuparía de aquello más tarde. En aquel momento tenía el tiempo en su contra, y encontrar otra asistente antes de encontrar esposa o antes de la coronación era impensable.

Cuando Luc volvió a quedarse a solas se dio la vuelta y regresó a su escritorio. Se apoyó en la brillante superficie, se inclinó y cerró los ojos. Sería un gran gobernante para su país, como lo había sido su padre antes que él. Luc solo necesitaba una oportunidad para demostrar que podía hacerlo sin esposa.

Escuchó el sonido de unos pasos suaves y supo al instante quién estaría detrás de él. Pero no se dio la vuelta. No estaba listo para contemplar a Kate con toda su belleza y su sensualidad. El ruido de los tacones se detuvo y a Luc le latió el corazón más deprisa de lo que le hubiera gustado. Maldición, ni siquiera se había dado la vuelta para mirarla, no le había dicho ni una palabra y ya le había puesto el cuerpo a cien.

–Volveré luego.

Su dulce voz lo atravesó cuando se dio la vuelta para mirarla.

–No –le dijo mientras ella se detenía en el umbral dándole la espalda–. Entra y cierra la puerta.

Kate se quedó quieta durante un instante. Luego dio un paso atrás, cerró la puerta y se giró para mirarle.

Luc seguía encontrándola increíblemente bella y sexy con aquel traje azul marino, con la chaqueta ajustada que le abrazaba la cintura y le marcaba los senos. Le dejaba sin palabras. Deslizó la mirada hacia los zapatos de tacón con dibujo de leopardo. Parecía una mujer lista para ser seducida sobre el escritorio.

Y lo peor de todo era que ahora sabía lo bien que estaban juntos. ¿Por qué estaba cumpliendo penitencia por todo aquello? Él era la víctima.

Kate, que se mantenía lejos de su alcance, cruzó las manos y lo miró a los ojos.

–No sabía que habías vuelto –afirmó–. Solo vine para asegurarme de que tuvieras el ordenador listo para cuando lo necesitaras.

Luc apartó la vista de sus labios pintados de rojo y miró al escritorio. Ni siquiera se había fijado en el ordenador nuevo. Es más, ni siquiera lo había pedido. Una vez más, Kate estaba pendiente de todo y hacía que su vida funcionara con más calma.

–Se han renovado todos los ordenadores del palacio –explicó ella–. Cambiaron el tuyo mientras no estabas, me aseguré de que te transfirieran todos los archivos al nuevo. Todo está exactamente igual que antes.

Cuando Luc la miró no distinguió ni rastro de emoción en su cara. Ni un amago de sonrisa, ni círculos oscuros bajo sus ojos que indicaran que no estaba durmiendo bien. Nada en absoluto. Y aquello le molestó todavía más.

–¿Es así como va a ser? –preguntó apretando los dientes–. ¿Vas a fingir que no has cambiado la dinámica entre nosotros?

Kate parpadeó, aspiró con fuerza el aire y sacudió la cabeza.

–No sé qué quieres de mí. No puedo borrar lo sucedido, pero sigues queriendo que trabaje para ti, así que estoy haciendo lo que puedo dadas las circunstancias. No puedo decirte lo que quieres saber porque…

Kate se dio la vuelta. Luc esperó a que terminara,

pero ella siguió dándole la espalda mientras el silencio caía pesadamente sobre ellos. No había una manera sencilla de superar aquello. No tenía muy claro que pudieran seguir adelante a pesar de lo que le habían dicho su madre y Mikos.

–¿Por qué? –la presionó al ver que ella seguía callada–. ¿Por qué no puedes contarme tus motivos? Estoy listo para escucharlos. Necesito escucharlos, Kate.

Silencio. Luc dio un paso adelante y acortó el espacio entre ellos.

–Maldición, me merezco algo más que tu silencio. No puedes esconderte así. Dime qué te impulsó no solo a mentir, sino también a mantener la farsa de un modo tan perfecto que terminaste en mi cama.

–No me hagas decírtelo.

Luc la agarró del brazo, la giró y la obligó a mirarle a los ojos.

–Me niego a dejarte irte de rositas.

Kate estiró los hombros, alzó la barbilla y se secó la lágrima que le rodó por la mejilla.

–De acuerdo –dijo asintiendo–. ¿Quieres saber por qué lo hice, por qué te mentí con tanta facilidad? Aparte de las órdenes del médico de no decirte nada, aparte de que el engaño se me había ido de las manos, sabía que aquel sería el único momento de mi vida en el que me mirarías como si sintieras algo por mí. Sabía que no estaba bien. No justificaré mis acciones, pero no me pidas que te diga nada más. No puedo, Luc.

La voz se le quebró al pronunciar su nombre. Luc mantuvo la mano en su brazo cuando se le acercó un poco más, cerniéndose sobre ella.

–Sí que puedes –murmuró–. Dímelo. Ahora.

111

Estaba dividido entre la excitación y la ira.

—Me enamoré de ti —susurró Kate con los ojos clavados en los suyos—. ¿Es eso lo que querías oír? ¿Tanto me odias que necesitas humillarme para superar la furia? Bueno, pues ahora ya lo sabes. Te he desnudado mi alma, Luc. Sabes lo de mi adopción, algo que poca gente conoce. Conoces mis fantasías secretas y que estoy enamorada de un hombre que prefiere humillarme antes que perdonarme. Y que, por supuesto, no me ama. Ya sé que es culpa mía, pero eso no evita el dolor.

Luc sintió como si le apretaran el corazón al escuchar sus palabras. ¿Por qué sentía simpatía por ella? Todo había sido culpa de Kate y le había arrastrado a él.

—Tú no me amas —Luc dejó caer la mano y dio un paso atrás—. No se ama a quien se miente y se manipula.

—Nunca te había mentido antes de esto y no volveré a hacerlo —prometió Kate cruzándose de brazos—. Cuando te digo que te amo soy sincera. Sé que mi palabra no significa nada para ti, y sé que lo he hecho todo mal. No hay excusa para mi comportamiento, así que no voy a inventarme alguna.

Luc observó cómo se recomponía, cómo se atusaba el pelo y echaba los hombros hacia atrás.

Había permanecido fuerte en medio de todo aquello. Quería odiarla porque eso sería mucho más fácil que quedarse allí y romperse por la mitad. Kate había traicionado la confianza que habían construido, y al mismo tiempo había intentando mantener la distancia. Fue él quien insistió en que intimaran. Podía ver aquella situación desde muchos ángulos, pero ninguno de ellos le daba una respuesta ni facilitaba las cosas.

—Tienes todo el derecho a despedirme. Me lo merezco. Pero si insistes en que me quede, creo que será mejor que mantengamos una relación profesional y sigamos adelante. Eso significa que no me eches a la cara constantemente los errores que cometí.

Cuanto más hablaba, más fuerte le sonaba la voz. La mujer que le había declarado su amor unos instantes atrás se había vuelto a transformar en la asistente eficaz que siempre había sido. ¿Cuál era la verdadera Kate? ¿Era la mujer apasionada y cariños de la casa de la playa? ¿La asistente que se ocupaba de todo? ¿O la mujer interesada que se había metido en su vida cuando él estaba débil?

—Estoy de acuerdo en que a partir de ahora mantengamos una relación estrictamente profesional.

Luc rezó en silencio para estar diciendo la verdad. Necesitaba tener la cabeza despejada, centrarse en asegurar el título y no pensar en lo que sentía por su asistente.

El plan de mantener las cosas en el terreno puramente profesional estaba a punto de hacerse pedazos.

Kate cerró los ojos, apretó la barrita y deseó que el resultado fuera diferente.

Abrió un poco un párpado y siguió viendo las dos rayitas rosas. No podía apartar la vista de ellas.

Y por mucho que siguiera mirándolas, el resultado iba a ser el mismo. Positivo. Emitió un sonido mezcla de gemido y grito cuando se puso de pie. Se miró en el espejo de la cómoda y vio que estaba igual que antes, pero en los últimos tres minutos había cambiado el curso de su vida.

¿Qué debía hacer ahora? Estaba esperando un hijo de Luc, y él la odiaba.

No había forma de esquivar la situación. Kate tomaba la píldora desde que era adolescente para mantener su ciclo regular, pero no habían usado preservativo las veces que estuvieron juntos, y estaba claro que el control de natalidad a veces fallaba.

Solo había una respuesta. Le había prometido a Luc que nunca volvería a mentirle, y no iba a empezar guardando en secreto lo del bebé.

Kate dejó la prueba de embarazo sobre la cómoda, se lavó las manos y salió del baño. Quería encontrar a Luc en aquel momento. Aquello no podía esperar.

Sabía que estaba trabajando desde casa. Si se paraba a pensar podría imaginar su agenda, ya que ella la había creado. Pero la cabeza no le funcionaba como debía en aquel momento y no podía procesar otra cosa que no fuera el hecho de que iba a tener un hijo del hombre al que amaba...

Sus mentiras no solo habían matado la confianza de Luc en ella, sino que ahora, el torbellino de secretos había formado una nueva vida... literalmente.

Kate se llevó la mano al vientre mientras salía del despacho al ancho pasillo. Sonrió al cruzarse con una de las doncellas, pero se le borró la sonrisa de la cara cuando llegó a la puerta del despacho de Luc. En cuestión de minutos, sus vidas y el futuro de aquel país cambiarían para siempre.

Estaba embarazada del heredero.

Kate apoyó la frente en la puerta de madera y cerró los ojos. Cuanto antes se lo dijera a Luc, antes podrían empezar a pensar qué hacer. Reuniendo todas sus fuerzas, llamó con los nudillos. Le temblaban las manos. Escuchó voces familiares al otro lado. Al parecer Luc estaba reunido con sus padres. Pero aquello no podía esperar. Sí, eran el rey y la reina, pero a Kate no le importó.

Dobló el puño, llamó más veces y con más fuerza hasta que se abrió la puerta y salió Luc con aspecto enfadado. Cuando la vio apretó las mandíbulas y entornó los ojos.

—Estamos en medio de algo importante, Kate.

Kate pasó por delante de él y sonrió con gesto nervioso a sus padres, que estaban sentados mirándola fijamente.

—Lo siento, pero esto no puede esperar.

Ana Silva se levantó y cruzó la estancia. Kate tragó saliva, el corazón empezó a latirle con más fuerza.

—Cariño, estás temblando –dijo Ana–. Ven, siéntate.

—Estamos en medio de algo importante –repitió Luc.

Su padre se puso de pie y señaló la silla que había dejado vacía.

—Siéntate aquí, Kate.

Luc murmuró algo en portugués.

—Lo siento –dijo ella–. No quería montar una escena. Solo necesito unos minutos con Luc.

Sus padres intercambiaron una mirada y Kate se fijó en que Luc permanecía a un lado con los brazos cruzados y las mandíbulas todavía apretadas. No estaba contento. Y ahora ella iba a soltarle otra bomba en su vida. ¿Se enfadaría todavía más con ella? Seguramente, pero ocultar el embarazo no era una opción.

Kate cerró los ojos, apoyó los codos en las rodillas

y dejó caer la cabeza entre las manos. Los padres de Luc le dijeron algo a su hijo en voz baja y un instante después Kate escuchó cómo se cerraba con la puerta del despacho.

–¿De qué diablos va todo esto? –exigió saber Luc.

Kate se apartó el pelo de la cara y alzó la vista para mirarle. Estaba apoyado contra la esquina del escritorio con los tobillos cruzados y las palmas apoyadas en las caderas. Llevaba puestos unos vaqueros negros y camiseta negra ajustada. No parecía un miembro de la familia real, pero exudaba poder.

–Yo... –Kate sacudió la cabeza y se puso de pie. Le temblaba demasiado el cuerpo como para seguir sentada–. Estoy embarazada.

Luc se la quedó mirando unos instantes sin decir una palabra. Y de pronto se echó a reír.

–Buen intento, Kate –afirmó poniéndose muy serio–. Pero ya han intentado ese truco conmigo.

–¿Qué?

Kate tardó unos instantes en asumir sus palabras. Luc no la creía. Por supuesto que no. ¿Por qué iba a hacerlo? Su exprometida le había tomado el pelo intentando engañarle con un falso embarazo, y Kate también le había mentido.

–No estoy mintiendo, Luc –reiteró ella–. Tengo la prueba de embarazo en el baño de mi oficina. Aunque tengo que llamar al doctor Couchot para confirmarlo con un análisis de sangre.

Los ojos de Luc se nublaron.

–Has hecho esto adrede.

Kate sintió una oleada de furia. Por mucho que le amara, por mucho que deseara que la viera como una mujer merecedora de amor y de confianza, se negaba a quedarse allí cargando con la culpa de algo en lo que ambos habían participado.

—Creo que fuiste tú quien se me acercó —contestó cruzándose de brazos—. ¿Crees que quiero tener un hijo de un hombre que no me ama? Cometí un error al acostarme contigo, pero no soy tan patética como para intentar atraparte. Te prometí que siempre sería sincera contigo, y me he enterado de esto hace diez minutos. Así que no seas tan ególatra. No estoy dispuesta a todo con tal de engancharte.

Kate se dio la vuelta y consiguió cruzar la estancia y poner la mano en el picaporte antes de que Luc le agarrara el brazo y le diera la vuelta. Con la espalda apoyada en la puerta, atrapada entre la madera y el duro cuerpo de Luc, Kate se quedó mirando aquellos ojos que podían hacer que una mujer olvidara todos sus problemas.

—¿Crees que puedes soltar semejante bomba y marcharte sin más? —demandó él—. No hemos terminado.

—Ambos necesitamos procesar esto antes de decir algo de lo que nos podamos arrepentir. Necesito… necesito pensar bien en todo esto, Luc.

Él abrió los ojos de par en par.

—¿Qué hay que pensar? Vas a tener un hijo mío. Yo formaré parte de su vida.

Un escalofrío de alivio recorrió el cuerpo de Kate.

—Nunca te negaría la posibilidad de estar con tu hijo.

Los ojos se le llenaron de lágrimas y sintió cómo se le formaba un nudo en la garganta. Kate se maldijo a sí misma. Odiaba llorar, odiaba la situación en la que se encontraba, pero odiaba todavía más estar tirando de un niño inocente.

–Estoy asustada –susurró cerrando los ojos.

Giró la cara cuando Luc le deslizó la mano por la mejilla. Volvió a centrarse en él y vio en sus ojos algo que no esperaba: miedo. Estaba claro que ella no era la única con inseguridades.

–No importa lo que haya pasado hasta este momento, no te dejaré sola con el bebé –Luc dejó caer la mano pero no se apartó–. Nuestro bebé.

Al tenerlo tan cerca, con aquel olor tan deliciosamente familiar y tan sexy, Kate no fue capaz de pensar con claridad. Deseó no seguir deseándolo, lamentó haberle mentido. Y deseó que algo tan maravilloso como crear una vida con el hombre al que amaba no estuviera manchado por culpa de sus mentiras.

–No quiero que nuestro hijo sufra por mis actos –le dijo ella–. Quiero que estemos juntos en esto. Sé que no es un buen momento, con el trono, tu cumpleaños y todo lo que tienes en mente no quería añadirte más estrés, pero tenías que saberlo.

Al ver que no decía nada, Kate se dio la vuelta despacio. No pudo evitar rozarse contra él porque Luc no se había movido desde que la atrapó contra la puerta.

Luc le puso las manos en los hombros al acercarse a ella.

–¿Quién eres, Kate? –susurró.

Ella dejó caer la cabeza en la puerta y trató de ignorar el modo en que cuerpo respondía al suyo. Pero no lo consiguió.

–¿Eres la asistente eficaz? ¿La mujer que me representa ante el público? ¿Eres la mujer que me mintió por motivos egoístas? ¿O la que asegura que me ama y que ahora espera un hijo mío?

Kate aspiró con fuerza el aire y miró de reojo hacia atrás.

–Soy todas ellas.

–Una parte de mí te odia por lo que hiciste –los ojos de Luc se clavaron en sus labios–. Ojalá no te deseara tanto todavía.

Ella contuvo el aliento cuando Luc se apartó y volvió al escritorio. Le dio la espalda, como si le hubiera costado mucho hacer aquella revelación. Pero Kate no debía pensar en aquello, tenía que anteponer su bebé a todo.

Incluso al hecho de que su corazón solo latiera por aquel hombre.

Capítulo Catorce

No tenía pensado llevarse a Kate a Grecia a la boda de su mejor amigo, pero una vez que ella le abrió su corazón y le desnudó el alma, Luc no fue capaz de negar el hecho de que todavía la deseaba.

Estaba empezando a hacer planes y tenía que llevarlos a cabo. Tal vez podría tener a Kate, la corona y a su hijo sin arriesgar su corazón. Seguro que Kate se quedaría por el bien del niño. ¿Por qué no hacerlo oficial y conservar así el título que le pertenecía por derecho?

Pero si quería arrastrarla al matrimonio tenía que empezar a convencerla ya.

No, no la había perdonado por mentir, pero estaba embarazada, confirmado por el doctor Couchot, y Luc sabía que el niño era suyo. El plan que había pensado no era lo más agradable, pero no podía echarse atrás. Había demasiado en juego.

Luc miró al otro lado del pasillo, donde Kate había reclinado el asiento y estaba acurrucada a un lado con la mano bajo la mejilla. Cuando salieron aquella mañana estaba exhausta, y Luc estuvo a punto de decirle que se quedara, pero sabía que era tan obstinada como él y no le escucharía. O el niño la cansaba más de lo habitual o no dormía bien debido al estrés. Conociéndola, probablemente serían las dos cosas.

Luc se había maldecido a sí mismo cuando Kate salió de su despacho unos días atrás porque el corazón se le ablandó al verla confesar sus miedos. No quería que aquella mujer le afectara. No había espacio en su vida para ese tipo de cosas. Tenía que asegurarse el trono y ahora tenía un heredero en el que pensar. Kate no podía entrar en la categoría de cosas que le importaban porque entonces ella le sacaría ventaja. Desearla físicamente ya era bastante duro.

Kate se estiró en sueños y dejó escapar un suave gemido. Aquel sencillo sonido le provocó una punzada de deseo que no podía ignorar. Había escuchado gemidos como aquel al oído cuando tenía su cuerpo enredado en el suyo. Había sentido el susurro de su respiración en la piel acompañando sus suspiros.

Pero por muy compatibles que fueran en el dormitorio, por mucho que todavía la deseara a un nivel que nunca admitiría en voz alta, Luc no debía, no podía dejarse arrastrar por el influjo que Kate ejercía sobre él.

Aunque bajara la guardia y dejara a un lado la norma real de tener relaciones con los empleados, Kate había acabado con la posibilidad de que pudiera confiar plenamente en ella. Así que podía estar sentada frente a él y hacer todos los ruidos que quisiera, porque la ignoraría.

Lástima que su cuerpo no hubiera recibido aquella información, porque ciertas partes de él no podían olvidar la intimidad que habían compartido.

Luc necesitaba centrarse en el brillante plan que había comenzado a maquinar. ¿Se enfadaría Kate cuando le ofreciera aquella solución? Sí. ¿Le importaba? No. Todavía seguía muy enfadado pero la deseaba, quería

la corona y se negaba a permitir que su corazón volviera a mostrarse vulnerable.

Sonó el teléfono que Luc tenía cerca del asiento y el
piloto le informó de que aterrizarían dentro de media
hora. Luc cruzó el espacio y se sentó en la cómoda bu-
taca de cuero blanco al lado de Kate. Odiaba tener que
despertarla. No es que le preocupara perturbar su sueño; lo que le preocupaba era tener que tocarla, verla
parpadear para volver a la realidad con aspecto desali-
ñado y sexy.

–Kate.

Dijo su nombre en voz muy alta para poder despertarla sin tener que ponerle una mano encima. Ella dejó
escapar un resoplido. Luc apretó los dientes y volvió a
decir su nombre.

Nada.

¿A quién quería engañar? No importaba si la tocaba
o no. La deseaba, su cuerpo respondía ante ella como a
ninguna mujer y estaba esperando un hijo suyo. Como
si necesitara otra razón para sentirse físicamente atraí-
do hacia ella. Había algo primitivo en saber que la vida
de su hijo crecía segura dentro de Kate.

Cuando Alana le dijo que estaba esperando un hijo,
Luc no sintió nada parecido. Experimentó un instinto
protector hacia el niño, pero nunca se sintió unido a
Alana.

Maldición, Kate no era de fiar. En cualquier caso,
no necesitaba de su confianza para que su plan funcionara. No necesitaba nada de ella, porque no aceptaría
un no por respuesta. Casarse con Kate era la única solución. Por mucho que odiara plegarse a la arcaica ley
del país, era la mejor manera de salir airoso de la situa-

ción. Muchos matrimonios no contaban con una química sexual como la suya y sin embargo funcionaban.

Luc la rodeó, le puso el cinturón de seguridad y se lo abrochó. Cuando estaba a punto de apartarse para ponerse el suyo, Kate se despertó de golpe. Le miró con ojos adormilados y entonces Luc se dio cuenta de su error. Se había acercado demasiado, tanto que estaba solo a unos centímetros de su rostro, y tenía la mano cernida sobre su vientre.

–¿Qué haces? –le preguntó ella con la voz ronca por el sueño.

–Prepararte para el aterrizaje.

¿Por qué no se había apartado, y por qué la estaba mirando fijamente a los labios?

–No puedes mirarme así, Luc –susurró–. Ni siquiera te caigo bien.

Sintió algo más fuerte y áspero que el deseo.

–No confío en ti –respondió–. Hay una diferencia.

Kate bajó la mirada.

–No intenté atraparte –susurró cuando volvió a alzar la vista–. Me da igual lo que pienses de mí, pero nunca te haría algo así, ni tampoco a un niño inocente.

Luc trató saliva cuando Kate le puso la mano sobre la suya. Había mucha emoción en sus ojos, tanta que le daba miedo identificarla porque si lo hacía empezaría a sentir todavía algo más por ella, y se negaba a que le trataran como una marioneta por tercera vez.

El orgullo y el ego alimentaban sus decisiones. El poder y el control los seguían de cerca. Y la combinación de todas aquellas cosas podría llevarle a conseguir lo que quisiera. Todo a lo que tenía derecho.

Luc se movió para sentarse pero no quitó la mano,

y por alguna razón, tampoco apartó la mirada de la suya.

–Quiero que vengas a vivir al palacio.

Por supuesto, tenía planes más grandes, pero tenía que ir poco a poco. Kate no era la única experta en manipulación.

–No estoy segura de que sea una buena idea.

Kate apartó la mano en silenciosa súplica para que se apartara, así que Luc se retiró. El primer descenso que inició el avión le recordó que no se había abrochado el cinturón de seguridad. Lo hizo al instante y luego volvió a centrarse en Kate.

–¿Por qué no? –le preguntó–. Es la solución ideal. Compartiremos responsabilidades. Sé que contrataremos una niñera, pero tengo intención de ser un padre comprometido.

Kate se apartó el pelo de la cara.

–¿Qué pasará cuando quieras casarte con alguien? ¿Vas a explicarle a tu novia que la madre de tu hijo está viviendo allí también?

Luc se rio.

–Es una manera muy retorcida de verlo.

Ella se encogió de hombros y entrelazó los dedos antes de mirar por la ventanilla.

–No voy a endulzar esta situación, y tú tampoco deberías hacerlo.

Luc no dijo nada más. La convencería con hechos, no con palabras. Kate llegaría a ver que vivir con él y terminar casándose era la mejor manera de afrontar la situación. Y cuando estuvieran casados volverían a dormir juntos. Se aseguraría de ello.

Ahora solo tenía que mantener sus hormonas bajo

control, porque la deseaba tanto que le dolía. Estar cerca de ella era ahora un infierno. Aquella mujer estaba hecha para él. Nadie había encajado tanto en su cama y en su ducha como ella.

Y sin embargo, Kate era mucho más que una compañera de cama. A pesar de las circunstancias que rodearon el falso compromiso, no podía evitar pensar que aquellos días en la isla habían sido los más felices de su vida.

Kate había asistido a muchos eventos reales durante el año anterior como empleada oficial de la familia Silva. Antes de eso, había presenciado lo suficiente como para saber que la realeza nunca hacía nada a medias, sobre todo cuando se trataba de bodas.

La ceremonia de unión entre Darcy y Mikos Alexander había tenido lugar a primera hora de aquel día, y ahora solo quedaban en la fiesta la familia y los amigos más íntimos de la pareja, que al parecer eran varios cientos de personas.

No se había reparado en gastos para el evento, que se celebraba en Isla Galini, en la costa de Grecia. Kate no pudo evitar sonreír al ver bailar a los novios. Mikos había perdido a su mujer de forma repentina y se había quedado solo al cuidado de su hija pequeña. Necesitado de un respiro, viajó a Los Ángeles para pensar. Contrató a Darcy como niñera de su hija y pronto se enamoraron… aunque Mikos había engañado un poco a Darcy al no decirle que era miembro de la realeza. Por supuesto, aquella historia no había saltado a la prensa, pero Kate la conocía por Luc.

Luc y Mikos eran buenos amigos desde siempre. Kate conocía bien a Mikos y a su hermano Stefan, que también estaba en la boda con su espectacular esposa, Victoria.

Ni las lámparas de araña, ni las perfectas esculturas de hielo ni los millones de lucecitas podían competir con la elegancia y la belleza de los invitados.

Aquella era una de las ocasiones en las que Kate agradecía que su madre fuera la modista real. Cuando Luc le dijo lo del viaje, no había tenido tiempo para ir de compras. Así que su madre agarró un vestido antiguo e hizo las modificaciones suficientes para convertirlo en una pieza única y maravillosa. Lo que una vez fuera un sencillo y ajustado vestido plateado resultaba ahora irreconocible. Le había quitado las mangas y reducido el escote para mostrar un poco de clavícula. Su madre había tenido la brillante idea de coserle unas cuentas de cristal que le caían por los brazos.

Kate se sentía bella con ese vestido, y a juzgar por el modo en que Luc la miró sin decir una palabra cuando fue a recogerla para la boda, tuvo que pensar que se correspondía con la realidad.

Seguía sin poder quitarse de la cabeza la imagen de Luc cuando la despertó para el aterrizaje. Estaba muy cerca de ella, mirándola como si quisiera tocarla, besarla. La química que tenían era incuestionable, eso estaba claro, pero parecía que la lucha de Luc era si actuar de acuerdo a ella o no.

Tal vez el tiempo que habían pasado separados le había hecho reflexionar, ver que ella no tenía intención de atraparlo para ser reina. No era como Alana.

Kate miró nerviosa la sala y jugueteó con el colgante de amatista que le caía por los senos. No se había puesto el anillo que Luc le regaló, de hecho se lo había dejado en el escritorio unos días atrás, pero no sabía si lo había visto.

Como Luc tenía que cumplir con su función de padrino, Kate estaba prácticamente sola. Y lo cierto era que lo prefería. Cuanto más tiempo pasaba con Luc, más le costaba aceptar que aunque fuera a tener un hijo suyo, él nunca la vería más que como la persona que le escribía los discursos.

Tal vez pudieran hablar cuando terminara la velada. Kate mantenía la esperanza de que pudiera verla como la mujer que era antes del accidente, no como la mentirosa en que se convirtió durante unos días.

—¿Champán, señora?

El camarero que sostenía una bandeja llena de copas de espumoso le sonrió. Kate sacudió la cabeza.

—No, gracias.

En cuanto se fue se le acercó otro hombre. Estaba solo a unos metros y le había visto unas cuantas veces durante la velada. Era difícil no ver a aquel extranjero alto, de piel morena y cabello oscuro.

—Has rechazado el champán y no estás bailando —le dijo sin más preámbulo—. Cualquiera pensaría que no lo estás pasando bien.

Kate sonrió y trató de ubicar su acento. No era griego. Mikos tenía amigos y conocidos por todo el mundo, así que podía ser de cualquier lugar.

—Me lo estoy pasando muy bien —afirmó—. Todo es precioso, estoy disfrutando de las vistas.

—Yo también estoy disfrutando de la vista.

El hombre le sostuvo la mirada y a Kate no se le

pasó por alto la indirecta. No sintió absolutamente nada, ni burbujeo ni mariposas en el estómago.

–¿Quieres bailar?

Kate miró a su alrededor. Llevaba un rato sin ver a Luc, que seguramente estaría hablando. Además, no tenía ningún derecho sobre ella. La había ignorado la mayor parte de la velada, y ella también tenía derecho a divertirse.

–Me encantaría.

Kate aceptó el brazo que el desconocido le ofrecía y se acercaron a la pista de baile. Entonces él la giró y la tuvo entre sus brazos. Kate mantuvo las distancias para no rozarle con el cuerpo y le puso una mano en el hombro.

–Por cierto, me llamo Kate.

Él esbozó una sonrisa.

–Yo soy Lars.

–Encantada de conocerte –dijo ella cuando la giró haciendo un círculo completo–. Eres un gran bailarín.

–La verdad es que soy bailarín de salón profesional –Lars se rio mientras ralentizaba el paso porque había empezado una canción lenta–. Quédate conmigo toda la noche y seremos la envidia de las demás parejas.

Kate no pudo evitar reírse ante la magnitud de su ego.

–Debo decirte que estoy con alguien.

Bueno, aquello no era del todo cierto, pero iba a tener un hijo con otro hombre y estaba enamorada de ese hombre aunque no fuera correspondida. Así que le pareció necesario hacerle saber a Lars que no tenía ninguna posibilidad con ella.

Lars se le acercó más y le susurró al oído:

–Pero él no está aquí y yo sí –cuando se retiró seguía sonriendo–. No te preocupes. Solo quería bailar con la mujer más bella de la sala.

–Creo que ese honor le corresponde a la novia –le corrigió Kate.

Darcy estaba preciosa con un vestido ajustado color marfil y una cola de encaje que sería la envidia de cualquier princesa. Parecía la protagonista de un cuento de hadas, y su príncipe azul irradiaba amor hacia ella.

¿Encontraría Kate alguna vez eso? ¿Encontraría un hombre que la mirara como si fuera lo más maravilloso del mundo?

–Vaya, voy a empezar a cuestionarme mis habilidades si sigues frunciendo el ceño.

Kate se sacudió sus pensamientos.

–Tus habilidades para el baile son perfectas, pero seguro que eso ya lo sabes. Creo que tengo *jet lag*.

Por no mencionar el embarazo. Todavía no había hablado con Luc sobre cuándo anunciarlo, así que por el momento lo mantenía en secreto.

Lars abrió la boca para decir algo, pero se quedó mirando algo que había a espaldas de Kate.

–Es hora de irnos, Kate.

Ella se dio la vuelta y vio a Luc a menos de dos metros de ellos.

–Ahora mismo estoy bailando –dijo sin soltar la mano de su compañero–. Puedo volver sola. Tú márchate.

Luc empastó una sonrisa gélida y miró a Lars.

–Estoy seguro de que él lo entenderá. ¿No es así, Lars?

El otro hombre se limitó a asentir con la cabeza y

dio un paso atrás, pero no antes de besarle a Kate la mano.

–Ha sido un auténtico placer.

Luego desapareció entre la gente que bailaba, seguramente para buscar otra compañera. Kate giró la cabeza y apretó los dientes.

–Ten cuidado con lo que dices –le advirtió Luc tomándola del brazo y sacándola de allí–. Yo también tengo muchas cosas que decirte, así que guárdatelas para cuando estemos solos.

–¿Qué te hace pensar que voy a ir a ninguna parte contigo? –murmuró ella entre dientes–. No puedes decirme con quién puedo estar.

Luc le apretó con más fuerza el brazo y se inclinó hacia ella.

–Vamos a quedarnos a solas y te voy a explicar con exactitud por qué esta escenita no volverá a repetirse jamás.

Capítulo Quince

Luc estaba furioso. Odiaba que sus emociones le hubieran anulado el sentido común, pero en cuanto vio a Kate bailando con Lars se le borraron todos los pensamientos racionales.

El palacio era lo bastante grande como para contar con habitaciones para los invitados especiales, así que Luc se alegró de no tener que arrastrar a Kate demasiado lejos.

La había evitado todo lo posible por el vestido que se le ajustaba al cuerpo. Le tenía babeando como un adolescente, pero consiguió mantener la lengua dentro de la boca cuando la vio. Sabía que si se quedaba cerca de ella aquella noche, no tendría manera de ocultar la atracción que sentía.

Y no podía permitir que se le notara, porque entonces Kate podría usarlo para… ¿para qué? ¿Acaso no era él quien iba a usarla a ella?

Pero cuando la vio en brazos de otro hombre, el juego cambió. Luc la deseaba. En aquel momento.

Llegó a la segunda planta y se dirigió hacia su suite por el pasillo. No sabía si Kate estaba jugando deliberadamente con él, pero le tenía entre sus manos.

—Quiero ir a mi habitación —exigió ella soltándose en cuanto Luc se detuvo frente a la puerta—. No voy a entrar ahí contigo.

Luc puso la mano en el picaporte.

–Sí vas a entrar –sin darse cuenta de lo que hacía, la colocó entre su cuerpo y la puerta–. Esta va a ser tu habitación hasta que haya terminado contigo.

–Pues yo ya he terminado de hablar. Estás siendo muy maleducado. No puedes…

La boca de Luc cubrió la suya. En aquel momento no le importaron las razones por las que aquello estaba mal.

Kate le subió las manos a los hombros para apartarle, pero él le puso las manos en las caderas y se apretó contra ella. De pronto Kate le agarró las solapas del esmoquin.

La sensación de sus caderas bajo aquel vestido matador resultó tan potente como el beso. Kate echó ligeramente la cabeza hacia atrás, y la silenciosa invitación bastó para que Luc le recorriera el cuello con la lengua.

–Luc –gimió ella–. Estamos en el pasillo.

Él apoyó la frente en su escote.

–Me vuelves loco, Kate. Completamente loco.

La rodeó para abrir la puerta. En cuanto estuvieron dentro, cerró con pestillo.

–¿Me has traído a tu suite para hablar o para acostarte conmigo? –preguntó Kate cruzándose de brazos–. Sé lo que dijiste, pero el episodio del pasillo me ha desconcertado.

Luc permaneció donde estaba y se pasó una mano por la cara.

–Lars no es una buena idea –afirmó–. Al verte entre sus brazos… le gusta jugar, Kate.

Ella le mantuvo la mirada durante un instante y luego soltó una carcajada.

–Me estás tomando el pelo. Interrumpes mi baile, me sacas a rastras del salón y luego intentas hacértelo conmigo en el pasillo solo porque estás celoso… ¿y dices que al otro le gusta jugar?

–En primer lugar, no estoy celoso –vaya, sonaba casi convincente–. En segundo lugar, nunca te he arrastrado, y en tercer lugar, tú estabas encantada con lo que sucedía en el pasillo. Incluso gemiste.

Kate puso los ojos en blanco y entró en la suite.

–Yo no he gemido.

Luc no sabía qué era peor, si la visión del vestido de Kate por delante o por detrás, desde donde podía centrarse en la perfección de su cuerpo. Ella se quedó de pie al lado del escritorio con las manos apoyadas en él y bajó la cabeza.

–No sé qué quieres de mí –habló tan bajo que Luc tuvo que acercarse para oírla–. No permitiré que me lances todas esas pullas solo porque no puedes controlar tus emociones. Sabes lo que siento por ti, Luc, y sin embargo continúas torturándome.

Contaba con aquellos sentimientos para conseguir lo que quería. Por mucho que odiara admitirlo, necesitaba a Kate en todos los sentidos.

Antes de que pudiera darse cuenta, había salvado la distancia que los separaba. Le deslizó las manos hacia la cintura, apretó las palmas contra su liso vientre y la atrajo hacia sí.

–¿Y crees que tú no me torturas a mí? –le preguntó rozándole el lóbulo con los labios–. ¿Crees que verte así vestida, apretando el cuerpo contra el de otro hombre, no es un infierno?

–¿A ti qué más te da?

–Me da porque pensar en ti me vuelve loco. Porque eres tan sexy que me excitas solo con una sonrisa –Luc le dio la vuelta y le enmarcó el rostro entre las manos–. Porque estoy tan confundido respecto a ti que lo único que quiero hacer es quitarte este maldito vestido y ver si la química es real o solo existía cuando pensé que estábamos prometidos.

Kate se quedó sin aliento y le miró a los ojos.

–No puedo acostarme contigo a modo de experimento, Luc. Te amo –se le quebró la voz y los ojos se le llenaron de lágrimas–. No oculto lo que siento, no puedo. Pero tampoco puedo permitir que me utilices cuando te convenga, cuando tengas un antojo.

–Tú eres más que un antojo.

–¿Qué soy? –susurró ella.

Luc no podía ponerle una etiqueta a la locura en la que se había convertido su vida. Tenía pensado seducirla, pero no contaba con los celos que le habían entrado hacía unos instantes. Kate era suya.

–Eres la mujer a la que voy a desnudar sobre este escritorio. Eres la mujer que se va a olvidar de todo excepto lo que estás pasando aquí y ahora.

–El sexo no resolverá nada.

–No, pero nos relajará a los dos.

Luc se inclinó hacia delante y le deslizó muy lentamente los labios por los suyos. Encontró la cremallera del vestido y la bajó. Cuando la tela se abrió le acarició la piel desnuda, disfrutando al ver que temblaba.

–Dime que no quieres esto –le murmuró contra la boca–. Dime que no quieres saber qué va a pasar ahora mismo entre nosotros, entonces puedes salir por la puerta antes de que no haya vuelta atrás.

Luc empezó a quitarle el vestido. Se echó hacia atrás solo lo justo para que cayera a sus pies, dejándola únicamente con un sujetador sin tirantes y braguitas a juego y la piedra púrpura que descansaba contra su piel inmaculada. Deslizando las yemas de los dedos por sus senos, Luc sonrió al ver que se arqueaba con sus caricias.

–Di la palabra, Kate, y me detendré.

Ella cerró los ojos y echó la cabeza hacia atrás.

–No estás jugando limpio.

–Ay, cariño, no he empezado siquiera a jugar.

¿Por qué estaba permitiendo que esto ocurriera? Luc no tenía intención de confesar su amor. Ni siquiera fue capaz de darle una respuesta directa cuando le preguntó qué era ella para él.

Y sin embargo allí estaba, con los tacones, ropa interior y la piel de gallina por su contacto.

¿Cómo iba a decirle que no? Lo único que deseaba era a aquel hombre, y allí lo tenía. El corazón no se le podía romper ya más, ¿verdad?

La boca de Luc siguió el camino de sus yemas por la parte superior de los senos, justo por encima del encaje del sujetador.

–Me tomaré tu silencio como una señal para que continúe.

Kate deslizó los dedos por su cabello negro.

–A ti no puedo decirte que no –apretó el cuerpo contra el suyo mientras la boca de Luc la reclamaba.

Kate le quitó la chaqueta del esmoquin y la dejó caer al suelo. Sin romper el contacto visual, empezó a desabrocharle la camisa. La necesidad de sentir su piel contra la suya resultaba abrumadora.

Luc le rodeó la cintura con los brazos y la subió al escritorio. Se arrancó el resto de los botones, que cayeron al suelo de madera haciendo ruido. La visión de su pecho desnudo, el tatuaje y el suave vello le aceleraron el pulso.

Luc se colocó entre sus muslos, le rodeó el torso con los brazos y la acercó al extremo.

–Enreda las piernas en mi cuerpo.

Kate obedeció al instante. Luc se las arregló para quitarle el sujetador y las braguitas con dos tirones certeros. Ella apretó con más fuerza las piernas alrededor de su estrecha cintura, le agarró la cabeza y se la guio hacia la boca. Luc gruñó contra ella. Sus manos parecían estar por todas partes. ¿Qué otra explicación había para los escalofríos y los estremecimientos?

–Túmbate –murmuró Luc contra sus labios.

Kate apoyó la espalda sobre el suave escritorio dejando el peso en los codos. Cuando la mirada de Luc se clavó en la suya en cuanto entró en ella, Kate no pudo evitar que se llenaran los ojos de lágrimas. Aunque su unión hubiera comenzado con una mentira, eso no borraba el hecho de que lo amaba. También Luc sentía por ella algo más de lo que quería reconocer, en caso contrario no estarían ahora mismo allí.

Kate dejó a un lado todas las preocupaciones y disfrutó del momento. Luc estaba allí, con ella, haciéndole el amor de un modo lento y apasionado que era lo opuesto al frenesí con el que se habían desnudado unos instantes atrás. ¿Se atrevería Kate a esperar que quisiera algo más de ella?

Luc se inclinó, la besó suavemente y apoyó la frente contra la suya. Ella se agarró a sus hombros y le mantuvo la mirada.

Poco después su cuerpo ascendió, se puso tenso. Luc murmuró algo en portugués que no entendió. Entonces su cuerpo se puso más tirante dentro del suyo y ella cerró los ojos.

Cuando los temblores cesaron, Luc la tomó en brazos y la llevó a la cama cubierta con colchas blancas y doradas. La dejó sobre el colchón y se deslizó a su lado abrazándola.

—Duerme —le puso las manos en el vientre—. Descansa para nuestro bebé.

Kate cerró los ojos y se preguntó si el atisbo de esperanza que sentía en el pecho seguiría allí por la mañana. Se preguntó si el hombre del que se había enamorado habría empezado a amarla también.

Capítulo Dieciséis

Le entraron náuseas. Kate rezó para que pasaran si se quedaba quieta. Hasta el momento no había tenido ningún síntoma de embarazo excepto el cansancio y la ausencia del periodo.

Trató de centrarse en el hecho de que había pasado la noche en la cama de Luc, esta vez con él completamente consciente de quién era.

Pero la cama estaba vacía, fría. Se sentó y se subió la sábana al pecho. La brusquedad del movimiento hizo que el estómago se le pusiera del revés. Cerró los ojos y esperó a pasaran las náuseas antes de arriesgarse a mirar por la enorme habitación en busca de Luc. Estaba al lado del ventanal bebiendo una taza de café y dándole la espalda. Kate no sabía qué decir ni cómo actuar. La noche anterior se había entregado de forma egoísta a sus deseos sin pensar en las consecuencias.

Movió las piernas bajo las cálidas sábanas de seda. Luc miró hacia atrás al escuchar el sonido y luego volvió a centrarse en el amanecer.

Kate se reclinó en el cabecero de la cama y se colocó la sábana bajo las axilas para estar completamente cubierta. Le daba la sensación de que aquella no iba a ser una buena mañana.

–He estado pensando qué diablos hacer con esto.

Sus palabras cortaron la belleza de la mañana.

–Te he estado mirando dormir –continuó él sin mirarla–. Traté de descansar, pero me cruzaban demasiados pensamientos por la cabeza. Ayer te traje aquí porque te deseaba –afirmó girándose para mirarla–. He luchado contra ello desde que empezaste a trabajar para mí. Me prometí a otra mujer siendo muy consciente de que te deseaba. Cuando ese compromiso terminó, seguía deseándote aunque sabía que no debía.

Kate se agarró a las sábanas mientras Luc seguía hablando.

–No estaba en mi mejor momento cuando fuimos a la casa de la playa –continuó él–. No debería haberte llevado conmigo sabiendo lo mucho que te deseaba.

Ella le miró a los ojos.

–Estabas enfadado conmigo –le recordó–. Antes del accidente, me besaste…

–Te besé porque no podía seguir luchando contra la atracción. Te besé porque estaba furioso contra mí mismo. Y luego me enfadé más todavía. Fui rudo contigo, y por eso me marché.

Y luego sufrió la caída y se olvidó de todo.

Kate se humedeció los labios.

–No sé qué decir.

–Sinceramente, yo tampoco –Luc se dirigió lentamente hacia la cama, se detuvo en un extremo y le sostuvo la mirada–. Una parte de mí quiere volver a confiar en ti otra vez, pero me hiciste daño, Kate. Por eso he estado toda la noche despierto.

Kate se estremeció. Luc tenía razón.

–Creí que íbamos a dejar eso atrás –comenzó a decir–. Dijiste que seguiríamos adelante, que tendríamos una relación profesional.

Luc estiró los brazos y miró hacia la cama.

–¿Y esto es profesional? Te aseguro que ahora mismo no me siento como tu jefe, Kate. Vas a tener un hijo mío, el próximo heredero al trono después de mí.

–Entonces, ¿eso es lo único que soy? ¿La madre del próximo heredero? –ella necesitaba más. A pesar de sus mentiras, merecía saberlo–. ¿Estás utilizando mis sentimientos en mi contra? Ya sabes lo que siento, y anoche te pusiste muy celoso. ¿Era todo una maniobra para alimentar tu ego porque tú tienes el control?

Luc se puso en jarras y se la quedó mirando fijamente. Se había puesto los pantalones negros del esmoquin pero no se los había abrochado. Resultaba difícil hablar de todo aquello con él medio desnudo, pero Kate tenía su orgullo y se negó a dejarse llevar por los deseos de su cuerpo. No necesitaba a Luc, solo lo deseaba. Sí, le dolía que él no sintiera lo mismo, pero no iba a rogarle.

Kate se apartó el pelo de la cara. Las náuseas no habían disminuido; si acaso se sentía todavía peor. Se puso una mano en la cadera, cerró los ojos y aspiró con fuerza el aire.

–¿Kate?

El colchón se hundió un poco a su lado. Cuando Luc le tomó la mano, ella la apartó.

–No –dijo mirándole a los ojos–. No estoy jugando la carta del embarazo para llamar tu atención.

–Estás pálida. ¿Te encuentras bien?

–Estoy un poco mareada. Es lo normal –Kate se movió para apartarse un poco de él–. No quiero que tires de mí en función de tu estado de ánimo. O quieres estar conmigo o no. No vengas a mí a menos que estés seguro de que soy algo más que un cuerpo caliente para ti.

Luc se puso de pie muy despacio y asintió.

–Tengo pensado casarme contigo. Te convertirás en mi esposa antes de mi cumpleaños. Yo me aseguraré el trono y tú podrás vivir la fantasía que tuvieras en mente cuando quisiste jugar a la pareja prometida.

–¿Qué? No voy a casarme contigo para que puedas acceder al trono. Quiero casarme por amor.

Luc entornó los ojos.

–Dices que me amas, entonces, ¿por qué no casarte conmigo?

–Porque tú no me amas a mí. No permitiré que me uses como a un peón para tus asuntos.

Kate sintió que le faltaba el aire.

Tendría que haberlo visto venir, tendría que haber sabido que nada se interpondría nunca entre el gran Luc Silva y su corona.

–Voy a volver al palacio en cuanto recoja mis cosas –le dijo–. Le diré al piloto que vuelva cuando lo necesites, pero no voy a volar contigo. Tampoco trabajaré para ti. Terminaré con lo que tengo pendiente durante las próximas dos semanas, pero después de eso me iré.

–No espero que trabajes para mí cuando seas mi mujer.

Kate apretó los dientes y rezó para que no se le escaparan las lágrimas de rabia.

–No voy a ser tu mujer.

Luc se metió las manos en los bolsillos, vaciló y luego se dirigió hacia la puerta.

–No tomes decisiones precipitadas. Te dejaré para que te vistas.

Y entonces se marchó, dejándola con el sonido de la puerta al cerrarse como única compañía.

¿Y ya estaba? Tal vez Luc hubiera dado por finalizada aquella conversación, pero no se iba a bajar de aquella ridícula idea de casarse. Kate tenía que prepararse, porque la lucha no había hecho más que empezar.

Apartó las sábanas y dio gracias por no marearse al ponerse de pie. Al menos había algo que salía bien aquella mañana.

Por supuesto, ahora tenía que ponerse el vestido de la noche anterior y recorrer el paseo de la vergüenza por el largo y ancho pasillo hasta llegar a su propia suite, cambiarse y hacer la maleta. No iba a seguir allí ni un minuto más. Si Luc tenía pensado utilizarla, aprovecharse de sus sentimientos para acceder al trono, entonces tal vez no fuera el hombre que amaba. Tal vez hubiera estado viviendo una mentira durante todo aquel tiempo.

De ninguna manera podría seguir trabajando para él. No podría mirarle cada día y saber que era buena para acostarse con ella pero no para construir una vida a su lado si no estuviera el trono en juego. Iban a tener un hijo, y sin embargo Luc solo pensaba en el título.

La idea de verle todos los días sabiendo que nunca correspondería a su amor resultaba demasiado dolorosa.

Cuando volviera al palacio llamaría a sus padres y haría planes. Terminaría los proyectos que habían empezado Luc y ella y luego tendría que irse. Necesitaba centrarse en las cosas realmente importantes de su vida.

Luc alzó el mazo y golpeó con él la pared. Tirar abajo aquel tabique para aumentar el espacio de la cocina no ayudaba ni remotamente a calmar su frustración ni su rabia. Lo único que estaba haciendo era sudar y sentir una pizca de nostalgia al recordar el momento en que Kate y él echaron abajo el baño.

Cuando Luc volvió al palacio, se subió a su barco sin guardias, para disgusto del padre de Kate, y se dirigió a la casa de la playa. Luc sabía que los obreros habrían terminado por aquel día, y como la casa estaba solo a una hora del palacio, decidió que necesitaba tiempo para pensar, para reflexionar en lo imbécil que había sido en aquel dormitorio tres días atrás.

Su intención había sido convencer a Kate para que se casara con él. No le habían importado sus sentimientos, pero el modo en que le miró sentada en la cama, con expresión dolida, le había llegado al alma. No esperaba sentir por ella nada más que deseo. Pero le resultaba difícil ignorar el constante nudo de culpabilidad de la garganta cada vez que pensaba en lo rápidamente que la había roto con solo unas cuantas palabras.

Luc dejó el mazo en el suelo y se pasó el brazo por la frente. Su madre hubiera puesto el grito en el cielo si viera que tenía callos en las manos por trabajar, pero necesitaba el desahogo. Y sin embargo, no estaba logrando su objetivo.

Tampoco ayudaba que Kate no estuviera en la casa. El jarrón vacío del comedor se burlaba de él. Ni siquiera podía mirar la maldita ducha del dormitorio principal. El balcón, la tumbona, la cama, la playa… todo eran recuerdos de Kate. Había tocado literalmente todas las superficies de aquel lugar.

Como había tocado todas las partes de su cuerpo.

Luc se sacó la camiseta por la cabeza. El móvil le vibró en el bolsillo y pensó en ignorarlo, pero como Kate estaba embarazada, tenía que estar muy alerta.

Lo sacó y miró la pantalla. Maldijo entre dientes, dejó escapar un suspiro y contestó.

−¿Sí?

−¿Te has marchado de aquí a toda prisa y sin guardaespaldas?

La pregunta de su madre no necesitaba respuesta porque ya la sabía.

−Necesitaba estar solo.

−Eso no es inteligente. No puedes marcharte así, Lucas. Sabes que faltan menos de dos meses para tu cumpleaños. Tienes que estar en casa para que planeemos qué vamos a hacer.

Luc se pasó una mano por el rostro húmedo y miró hacia el sol, que empezaba a hundirse en el horizonte.

−Solo necesitaba unos días para mí mismo.

−¿Esto es por Kate? Cariño, sé que te hizo daño, pero la pobrecita está destrozada. No quiero decir nada, pero desde la boda está muy pálida.

Luc se incorporó.

−¿Está enferma?

−Yo creo que está embarazada.

Se hizo un silencio y a Luc se le encogió el corazón. No le habían dicho nada a nadie, y el dolor del tono de su madre le llegó con toda claridad.

–No se lo hemos contado a nadie –aseguró, sintiéndose de pronto como un niño que le estaba mintiendo a su madre–. Kate se enteró justo antes de la boda y discutimos. ¿Se encuentra bien?

–¿Discutisteis? Lucas, esa mujer está esperando un hijo tuyo, ¿y discutes con ella? No me extraña que parezca agotada. Ha estado trabajando como una mula desde que volvió. Esa es la razón por la que quería saber por qué dejaste el palacio tan repentinamente.

Luc agarró con fuerza el teléfono.

–Es mejor que no esté allí ahora mismo.

–Creo que tenéis que hablar. Si te preocupa la norma de no intimar con el personal, creo que podemos hacer una excepción por Kate. Tal vez ella sea la respuesta a…

–Ya había pensado en eso –la interrumpió su hijo–. Kate no quiere casarse conmigo.

–¿Por qué no vuelves a casa? No puedes resolver tus problemas allí solo.

Luc observó el destrozo que había hecho. Los obreros vendrían a terminar la cocina en cuanto se lo pidiera.

–Me marcho ahora mismo –le dijo a su madre–. Dile a Kate que quiero verla.

–Veré qué puedo hacer, pero creo que ya se ha ido.

Si se había ido, Luc iría a buscarla a su casa. No vivía lejos del palacio, y si de él dependía, estaría viviendo dentro de ese palacio cuando el niño naciera. Cualquier otra solución resultaba inaceptable. Hacerla suya aquella última vez había cambiado algo en él, y estuvo a punto de cambiar su plan de boda. Por eso estuvo toda la noche en vela, tratando de entender sus propias motivaciones. Pensó que podría dejar los sentimientos a un lado, pero había sentido demasiadas cosas: culpabilidad, deseo… y más.

La había hecho daño de un modo que Luc nunca imaginó. Y sin embargo ella siguió haciendo su trabajo. Fue su acompañante en la boda. Siguió apoyándole.

Y él la amaba. Sus sentimientos eran así de sencillos y a la vez de complicados. Amaba a Kate con todo su corazón y lo había estropeado todo. Y de qué manera.

Necesitaba hablar con ella para decirle lo que sentía. Y lo que era más importante, necesitaba demostrárselo. Decir las palabras era fácil; demostrarle a Kate lo mucho que significaba para él sería lo difícil. Pero no había llegado hasta allí para rendirse ahora. Kate era suya y no pensaba renunciar a ella.

Capítulo Diecisiete

Había transcurrido casi una semana desde que habló con Kate por última vez y se estaba volviendo loco.

Regresó a su despacho y se encontró una carta de dimisión en el escritorio. Le había dejado a su madre el mensaje de que el bebé y ella estaban bien, pero que necesitaba pasar un tiempo a solas.

Un tiempo que para Luc ya era muy largo.

Había vivido demasiado tiempo sin aquella mujer y se negaba a seguir así un segundo más.

Se acercaba la fecha de su cumpleaños, pero no pensaba en ello. Durante los últimos días solo había pensado en lo estúpido que había sido, en su crueldad. No era de extrañar que Kate quisiera marcharse, mantenerse alejada de él. Ella le amaba y Luc se le había declarado con el pretexto de que solo lo hacía para subir al trono.

No había necesitado mucho tiempo tras su última noche para darse cuenta de que marcharse había sido un error. Dejarle creer a Kate que solo la quería por la corona no estuvo bien.

La quería porque con ella estaba completo.

Le había llevado algo de tiempo conseguir la información de dónde estaba a través de los padres de Kate y que los obreros terminaran las reformas de la casa de la playa. Quería que todo estuviera perfecto para cuan-

do por fin le mostrara la casa y sus verdaderos sentimientos.

Había aprovechado aquel tiempo extra para averiguar más cosas sobre la mujer que amaba. Y confiaba
en que la sorpresa que le había preparado la ayudara a
entender cuánto la necesitaba.

Luc estaba en el salón mirando hacia el mar, esperando a que llegara el barco al muelle. Había pedido
ayuda a los padres de Kate. Por supuesto, para ello había tenido que postrarse ante ellos. Si todo salía como
esperaba, valdría la pena.

Cuando el barco apareció por fin a la vista, Luc tenía los nervios de punta. Aunque él hubiera planeado
hasta el último momento de la velada, era Kate quien
tenía la última palabra.

Su padre la ayudó a bajar hasta el muelle, le dio un
abrazo y se quedó mirando cómo Kate subía los escalones. Luc se acercó al umbral y se despidió del hombre con la mano mientras él se alejaba de nuevo en el
barco.

Cuando Kate llegó a lo alto de los escalones, a Luc
le latía el corazón más deprisa que nunca. Ella alzó la
cabeza y se apartó el cabello de la cara. En cuanto sus
miradas se cruzaron, Luc sintió el familiar nudo en el
estómago. Un nudo que indicaba que si ella le rechazaba se quedaría destrozado.

–Confiaba en que no te resistirías –le dijo sin moverse del umbral.

–Estuve tentada a lanzarme por la borda un par de
veces, pero sabía que mi padre iría tras de mí –Kate entrelazó las manos y se quedó quieta–. ¿Qué estoy haciendo aquí, Luc, y por qué estoy prisionera?

–No estás prisionera –aseguró él.

Kate miró hacia atrás.

–Mi padre se ha marchado con el barco y aquí solo queda el tuyo. Estoy aquí atrapada sin ninguna vía de escape a no ser que cuente con tu permiso.

–Entra.

Ella alzó las cejas y se cruzó de brazos.

–Por favor –añadió Luc al ver que no se movía–. Por favor, entra para que podamos hablar.

Kate se movió por fin y Luc la dejó pasar primero. Su aroma a flores le acarició los sentidos. Se había pasado la noche despierto imaginado aquel aroma, imaginando que ella estaba a su lado.

–Oh, Luc…

Él no pudo evitar sonreír al ver cómo contenía el aliento.

–Está un poco distinta, ¿verdad?

Observó cómo Kate miraba el nuevo diseño de planta abierta. Unas gruesas columnas sujetaban las vigas, pero no desentonaban con la romántica atmósfera. Luc había dejado las puertas del patio de atrás abiertas para que se viera el mar.

–Es precioso –exclamó Kate pasando la mano por la mesa de mármol situada detrás del sofá–. Lo han hecho muy rápido.

–Quería que estuviera terminado antes de volver a invitarte –Luc permanecía en la puerta pero tenía los ojos clavados en ella mientras Kate recorría el salón y la cocina–. Incluso ayudé a los obreros y aprendí algunas cosas aparte de destrozar paredes con el mazo.

Kate se detuvo al lado de la antigua mesa del comedor y clavó la mirada en el jarrón amarillo.

–No puedo librarme de esas cosas –reconoció Luc–. Hemos compartido muchas comidas en esa mesa, y aunque no sea nueva, me recuerda a ti. Cada vez que miro el jarrón me acuerdo de lo emocionada que estabas aquel día en el mercadillo.

Kate agarró el jarrón y lo acarició con las manos. Por un momento, Luc creyó que se lo iba a tirar a la cabeza, pero finalmente lo dejó y se giró para mirarle. Dejó escapar un suspiro.

–¿Qué quieres, Luc?

Le estaba sosteniendo la mirada. Ahora que estaban frente a frente, Luc no podía negar el campo de fuerza que había entre ellos.

–¿Te encuentras bien? –le preguntó acercándose despacio hacia ella–. ¿Nuestro bebé está bien?

–Los dos estamos de maravilla –aseguró Kate–. Y podrías haber mandado un mensaje o responder a los correos que te envié.

–Enviaste los últimos correos de trabajo a través de tu padre.

Ella asintió.

–Eso es porque he dimitido, ¿te acuerdas? Supongo que habrás encontrado una manera de asegurarte el trono, ¿no?

–No, no me he asegurado el trono.

Kate contuvo el aliento.

–Solo faltan unas semanas para tu cumpleaños.

–Soy consciente de ello –estaba frente a ella, tan cerca que Kate tuvo que echar la cabeza hacia atrás para mirarle a los ojos–. Por eso estás tú aquí.

Ella entornó la mirada y apretó los labios.

–Debes estar de broma. ¿Me has traído aquí para

utilizarme? ¿Sigues pensando que voy a caer a tus pies y a casarme contigo para que puedas conseguir una corona de oro?

Hizo amago de pasar por delante de él, pero Luc la agarró del brazo para evitar que se fuera.

–No. Lo que pienso es que vas a escucharme y a mirarme a los ojos cuando te diga lo mucho que te amo.

Los ojos oscuros de Kate le mantuvieron la mirada, pero Luc no vio ninguna emoción en ellos.

–¿Me has oído?

–Te he oído perfectamente –aseguró ella apretando los dientes–. Qué conveniente que me ames justo cuando estás a punto de perderlo todo si no tienes una esposa.

Luc se giró para mirarla de frente mientras le ponía las manos sobre los hombros desnudos.

–Tú y esos malditos vestidos sin tirantes tan sexys –murmuró acariciándole la piel con los pulgares–. He olvidado el discurso que tenía preparado. Y estoy muy orgulloso, teniendo en cuenta de que es el primero que he escrito en mi vida.

–No quiero escuchar tu discurso ni quiero que me toques.

Luc sonrió.

–Entonces, ¿por qué te late el pulso en la base del cuello tan deprisa como a mí? Puedes engañarte a ti misma, Kate, pero tu cuerpo me está diciendo la verdad.

Ella abrió los ojos de par en par.

–Oh, no. ¿Me has traído aquí para tener sexo? ¿Crees que me meteré en la cama contigo y que entonces, en el fragor de la pasión, accederé al matrimonio?

Luc se rio y la besó en la boca antes de apartarse.

—He echado de menos tu boca.

Kate no se movió, ni dijo una palabra y ni hizo amago de tocarle.

—Dime que no lo he estropeado todo, que no te he perdido para siempre.

—Nunca has llegado a tenerme del todo —afirmó ella—. Yo lo quería todo contigo, pero lo hice mal. Luego tú decidiste utilizar mi amor para intentar forzarme a casarme contigo. No son buenos cimientos para construir una relación.

—Los dos hemos cometido errores —reconoció Luc—. Nunca quise hacerte daño, pero estaba muy confundido. Quería confiar en mis sentimientos, pero, ¿cómo hacerlo si ni siquiera confiaba en ti?

—Entiendo que no lo hicieras —Kate le quitó las manos de los hombros—. Lo que no entiendo es que utilizaras mis sentimientos en mi contra, que me hicieras el amor en la boda de Mikos y luego actuaras como si no supieras cómo encajarme en tu vida.

Luc se metió las manos en los bolsillos. Kate no quería que la tocara y en aquel momento él se moría por estrecharla entre sus brazos. Aquello iba a ser más complicado de lo que pensaba, pero no se rendiría.

—Tengo algo que enseñarte —Luc se acercó al escritorio que estaba en la esquina y agarró el correo electrónico que había impreso. Se lo tendió.

Kate lo agarró. Luc observó su rostro mientras leía. Cuando se le llenaron los ojos de lágrimas, Luc supo que no todo estaba perdido.

Ella se llevó la carta al pecho.

—¿Has ido al orfanato?

–Sí –y había disfrutado cada minuto–. Conocí a Carly y a Thomas. Me dijeron que eran amigos tuyos.

Kate asintió y con el movimiento se le resbaló una lágrima.

–Quiero mucho a esos niños. Son maravillosos, pero la mayoría de la gente quiere adoptar bebés. Los gemelos tienen nueve años. Intento ir a visitarlos siempre que puedo.

–Viven en el orfanato en el que tú estuviste de pequeña –Luc le acarició el húmedo rostro–. Por eso son tan importantes para ti. Entiendo perfectamente por qué querías que yo fuera. A esos niños les pareció que hablar con un príncipe era algo maravilloso.

–No puedo creer que fueras y no me dijeras nada –murmuró Kate.

–Quiero empezar de cero contigo –aseguró Luc–. Me he sentido muy desgraciado sin ti, fui a ese orfanato no porque me lo hubieras pedido, sino porque quería saber más cosas de ti. Quería conocer mejor a la mujer de la que me he enamorado. Te amo, Kate. Quiero vivir contigo, tener una vida como la que teníamos cuando estábamos aquí solos.

Kate cerró los ojos y apoyó la frente contra su pecho.

–No hablas en serio –susurró–. Si crees que quiero probar o estar contigo por seguir con la tradición, te equivocas.

Kate levantó la cabeza y él le apartó el pelo de las húmedas mejillas.

–No quiero probar, Kate. Quiero hacerlo. Que te haya invitado a venir aquí no tiene nada que ver con el trono, con mi cumpleaños o con el bebé. Quiero formar una familia contigo, pero no voy a utilizar al bebé para ello. Te quiero por ti misma. Los días que pasamos aquí fueron los mejores de mi vida. Quiero más días así. Eres la mujer de mi vida, Kate.

Cuando ella entreabrió los labios, Luc la besó. Y estuvo a punto de gritar al comprobar que Kate respondía abriéndose a él.

—Te he echado de menos —le murmuró contra los labios—. He echado de menos abrazarte, verte cocinar, sonreír e incluso discutir contigo por tonterías. He echado de menos verte llevar mi anillo.

Kate frunció el ceño cuando Luc sacó el anillo de amatista del bolsillo.

—¿Quieres casarte conmigo? —le preguntó—. No por el trono, no por nada excepto por nosotros dos —se apresuró a decir para que no se hiciera una idea equivocada—. Solo me siento completo cuando estoy contigo, Kate.

Sin esperar respuesta, Luc le deslizó el anillo en el dedo y la tomó de la mano.

—Este es el lugar donde tiene que estar el anillo hasta que te compre un diamante o lo que tú quieras.

Kate se miró la mano y no dijo nada. Observó el anillo, jugueteó con él antes de sonreír mirando a Luc.

—No quiero otro anillo. Quiero este. Es exactamente el que yo habría elegido y no necesito ninguno más.

—¿Significa eso que te casarás conmigo? —preguntó él.

Kate le rodeó el cuello con los brazos y hundió la cara en su piel mientras le abrazaba.

—Me casaré contigo, Luc. Tendré hijos contigo y me haré vieja a tu lado.

Luc la estrechó contra su cuerpo y dejó escapar el aire que llevaba conteniendo desde que llegó a la casa.

Kate dio un paso atrás.

–Un momento. Tenemos que casarnos enseguida. Tu cumpleaños...

–No pasa nada. La ley permite un margen extra de unas semanas. Quiero darte la boda que te mereces.

–No quiero una boda a lo grande y mucha difusión.

Luc le sostuvo la cara entre las manos y le deslizó el pulgar por el labio inferior.

–Me parece perfecto. Pero ahora mismo lo que quiero es tenerte en la ducha para demostrarte como es debido lo mucho que te echado de menos.

–Me encanta tu ducha.

Luc le besó la sonrisa.

–Cuando te haya hecho el amor podremos hablar de la boda. Ah, y del hecho de que me gustaría adoptar a Carly y a Thomas. Quería hablar contigo antes. Con el bebé y todo eso no tenía muy claro que...

Kate le atajó cubriéndole de besos los labios, la barbilla, las mejillas.

–Sí, sí, sí. Me encantaría tenerlos conmigo. Los quiero mucho a los dos. Sentí una gran conexión desde el primer momento que los vi.

–Yo también, cariño –Luc la tomó en brazos y se dirigió hacia el dormitorio principal–. Hablaremos de eso después.

–No puedes llevarme así –protestó ella–. He ganado peso.

Luc deslizó la mirada hacia su pecho.

–Me he dado cuenta, y desde luego no pienso quejarme.

Ella le dio un golpecito en el hombro.

—Qué típico de los hombres, decir eso cuando los senos crecen.

—No habrá ningún otro hombre que te mire los senos —Luc torció el gesto—. Eso es cosa mía.

Kate apoyó la cabeza en su hombro y le rodeó el cuello con los brazos.

—Para siempre, Luc. Tú eres el único hombre para mí.

RENDIRSE AL DESEO

ANNE OLIVER

Breanna Black había convertido las fiestas en un arte. Eran lo único que podía disipar las sombras de su pasado, y no estaba interesada en nada que le estropeara la diversión. Empezando por su irritante y pecaminosamente sexy nuevo vecino, Leo Hamilton. Pero Brie no era de las que se acobardaba con facilidad, y se atrevió a invitarlo a una de sus fiestas.

Leo tenía sus propios motivos para aceptar la invitación de Brie: esperaba que la reunión terminara en fiesta para dos. Y no tenía intención de marcharse de su casa hasta la mañana siguiente.

Una fiesta para dos

¡YA EN TU PUNTO DE VENTA!

Acepte 2 de nuestras mejores novelas de amor GRATIS

¡Y reciba un regalo sorpresa!

Oferta especial de tiempo limitado

Rellene el cupón y envíelo a
Harlequin Reader Service®
3010 Walden Ave.
P.O. Box 1867
Buffalo, N.Y. 14240-1867

¡Si! Por favor, envíenme 2 novelas de amor de Harlequin (1 Bianca® y 1 Deseo®) gratis, más el regalo sorpresa. Luego remítanme 4 novelas nuevas todos los meses, las cuales recibiré mucho antes de que aparezcan en librerías, y factúrenme al bajo precio de $3,24 cada una, más $0,25 por envío e impuesto de ventas, si corresponde*. Este es el precio total, y es un ahorro de casi el 20% sobre el precio de portada. !Una oferta excelente! Entiendo que el hecho de aceptar estos libros y el regalo no me obliga en forma alguna a la compra de libros adicionales. Y también que puedo devolver cualquier envío y cancelar en cualquier momento. Aún si decido no comprar ningún otro libro de Harlequin, los 2 libros gratis y el regalo sorpresa son míos para siempre.

416 LBN DU7N

Nombre y apellido	(Por favor, letra de molde)
Dirección	Apartamento No.
Ciudad	Estado	Zona postal

Esta oferta se limita a un pedido por hogar y no está disponible para los subscriptores actuales de Deseo® y Bianca®.
*Los términos y precios quedan sujetos a cambios sin aviso previo.
Impuestos de ventas aplican en N.Y.

Bianca

Era esclava de su deseo...

Kadar Soheil Amirmoez no
podía apartar la mirada de
la belleza rubia que pasea-
ba por un antiguo bazar de
Estambul. Por eso, cuando
la vio en apuros, no dudó ni
un instante en actuar.

Amber Jones jamás había
conocido a un hombre que
transmitiera tanta intensidad como Kadar. El modo
en el que reaccionaba ante
él la asustaba y excitaba a
la vez, tal vez porque Kadar se convirtió primero en
su héroe y después en su
captor.

Aquel no estaba resultando
ser el viaje de descubri-
miento por el que Amber
había ido a Estambul. Sin
embargo, cuando el exóti-
co ambiente empezó a se-
ducirla, se convirtió rápidamente en la cautiva de
Kadar... y él, en su atento
guardián.

Cautiva en sus brazos

Trish Morey

Deseo

SIEMPRE CONMIGO

YVONNE LINDSAY

Tras un accidente, Xander Jackson sufrió una amnesia que le impedía recordar los últimos años de su vida, incluido el hecho de que había abandonado a su mujer. Y esta, Olivia, decidió aprovecharse de esa circunstancia para volver a empezar con el hombre al que seguía amando. Conseguir que Xander creyera que seguían siendo la pareja feliz y apasionada que habían sido era sencillo. Pero Olivia tenía que hacer desaparecer toda evidencia de la devastadora pérdida que había destruido su relación.

Todo dependía de su capacidad para recuperar el amor de su exmarido

¡YA EN TU PUNTO DE VENTA!